周作人生活美学

寂静欢喜，哀乐闲愁皆滋味

周作人 著

生活家书系

北京理工大学出版社
BEIJING INSTITUTE OF TECHNOLOGY PRESS

图书在版编目（CIP）数据

周作人生活美学 / 周作人著. —北京：北京理工大学出版社，2018.7
（生活家书系）
ISBN 978-7-5682-5355-0

Ⅰ. ①周…　Ⅱ. ①周…　Ⅲ. ①散文集－中国－现代　Ⅳ. ①I266

中国版本图书馆CIP数据核字（2018）第038101号

出版发行 / 北京理工大学出版社有限责任公司
社　　址 / 北京市海淀区中关村南大街 5 号
邮　　编 / 100081
电　　话 / （010）68914775（总编室）
（010）82562903（教材售后服务热线）
（010）68948351（其他图书服务热线）
网　　址 / http：//www. bitpress. com. cn
经　　销 / 全国各地新华书店
印　　刷 / 三河市中晟雅豪印务有限公司
开　　本 / 880 毫米 × 1230毫米　1/32
印　　张 / 7.5
字　　数 / 170 千字
版　　次 / 2018 年 7 月第 1 版　2018 年 7 月第 1 次印刷
定　　价 / 39. 80 元

责任编辑 / 闫风华
文案编辑 / 李文文
责任校对 / 周瑞红
责任印制 / 李志强

图书出现印装质量问题，请拨打售后服务热线，本社负责调换

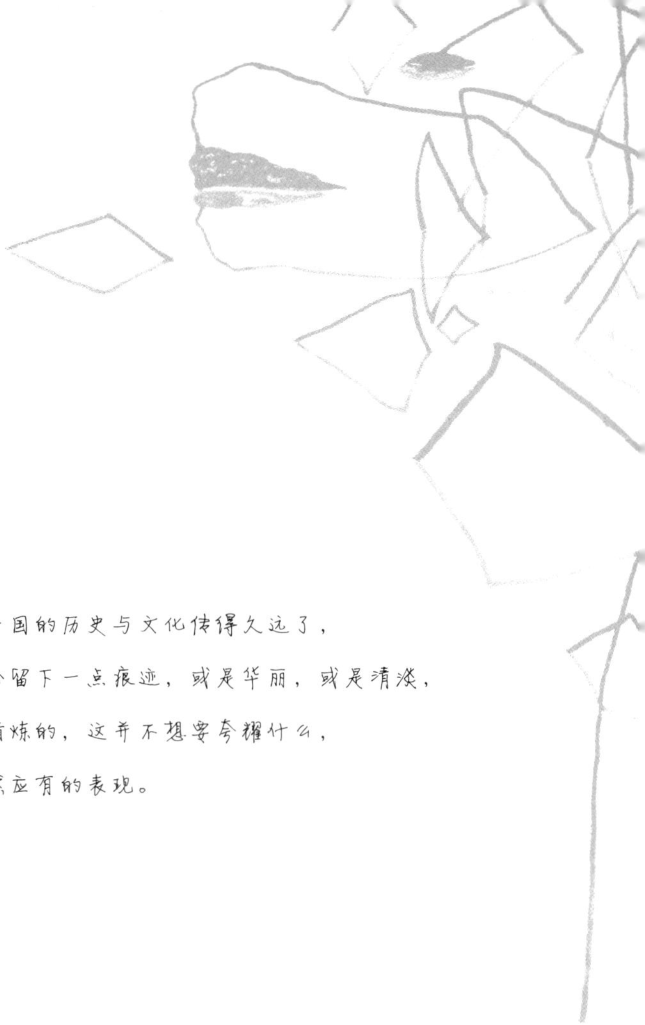

我常这样想，一国的历史与文化传得久远了，
在生活上总会留下一点痕迹，或是华丽，或是清淡，
却无不是精炼的，这并不想要夸耀什么，
却是自然应有的表现。

百余年前，日本有一个艺术家是精通茶道的，

有一回去旅行，每到驿站必取出茶具，

悠然地点起茶来自喝。

有人规劝他说："行旅中何必如此？"

他答得好："行旅中难道不是生活么。"

这样想的人才真能尊重并享乐他的生活。

沛德（W. Pater）曾说，我们生活的目的，

不是经验之果，而是经验本身。

目录
Contents

生活之艺术

契诃夫（Tshekhov）书简集中有一节道（那时他在爱珲附近旅行）：

我请一个中国人到酒店里喝烧酒，他在未饮之前举杯向着我和酒店主人及伙计们，说道："请。"这是中国的礼节。他并不像我们那样地一饮而尽，却是一口一口地啜，每啜一口，吃一点东西；随后给我几个中国铜钱，表示感谢之意。这是一个怪有礼的民族。……

一口一口地啜，这的确是中国仅存的饮酒的艺术：干杯者不能知酒味，泥醉者不能知微醺之味。中国人对于饮食还知道一点享用之术，但是一般的生活之艺术却早已失传了。中国生活的方式现在只是两个极端，非禁欲即是纵欲，非连酒字都不准说即是浸身在酒糟里，二者互相反动，各益增长，而其结果则是同样的污糟。动物的生活本有自然的调节，中国在千年以前文化发达，一时颇有臻于灵肉一致之象，后来为禁欲思想所战胜，变成现在这样的生活，无自由，无节制，一切在礼教的面具底下实行迫压与放恣，实在所谓礼者早已消灭无存了。

生活不是很容易的事。动物那样的，自然地、简易地生活，是其一法；把生活当作一种艺术，微妙地、美地生活，又是一法：二者之外别无道路，有之则是禽兽之下的乱调的生活了。生活之艺术，只在禁欲与纵欲的调和。蔼理斯对于这个问题很有精到的意见，他排斥宗教的禁欲主义，但以为禁欲亦是人性的一面，欢乐与节制二者并存，且不相反而实相成。人有禁欲的倾向，即所以防欢乐的过量，并即以增欢乐的程度。他在《圣芳济与其他》一篇论文中曾说道：

有人以此二者（即禁欲与耽溺）之一为其生活之唯一目的者，其人将在尚未生活之前早已死了。有人先将其一（耽溺）推至极端，再转而之他，其人才真能了解人生是什么，日后将被记念为模范的高僧。但是始终尊重这二重理想者，那才是知生活法的明智的大师。……一切生活是一个建设与破坏，一个取进与付出，一个永远的构成作用与分解作用的循环。要正当地生活，我们须得模仿大自然的豪华与严肃。

他又说过："生活之艺术，其方法只在于微妙地混和取与舍二者而已。"更是简明地说出这个意思来了。

"生活之艺术"这个名词，用中国固有的字来说便是所谓"礼"。斯谛耳博士在《仪礼》的序上说：

礼节并不单是一套仪式，空虚无用，如后世所沿袭者。这是用以养成自制与整饬的动作之习惯，唯有能领解万物感受一切之心的人，才有这样安详的容止。

从前听说辜鸿铭先生批评英文《礼记》译名的不妥当，以为

“礼”不是 Rite 而是 Art，当时觉得有点乖僻，其实却是对的，不过这是指本来的礼，后来的礼仪、礼教都是堕落了的东西，不足当这个称呼了。中国的礼早已丧失，只有如上文所说，还略存于茶酒之间而已。去年有西人反对上海禁娼，以为妓院是中国文化所在的地方，这句话的确难免有点荒谬，但仔细想来也不无若干理由。我们不必拉扯唐代的官妓，希腊的“女友”（Hetaira）的韵事来做辩护，只想起某外人的警句：“中国挟妓如西洋的求婚，中国娶妻如西洋的宿娼”，或者不能不感到《爱之术》（Ars Amaroria）真是只存在草野之间了。我们并不同某西人那样要保存妓院，只觉得在有些怪论里边，也常有真实存在罢了。

中国现在所切要的是一种新的自由与新的节制，去建造中国的新文明，也就是复兴千年前的旧文明，也就是与西方文化的基础之希腊文明相合一了。这些话或者说得太大、太高了，但据我想，舍此中国别无得救之道，宋以来的道学家的禁欲主义总是无用的了，因为这只足以助成纵欲而不能收调节之功。其实这生活的艺术在有礼节重中庸的中国本来不是什么新奇的事物，如《中庸》的起头说：“天命之谓性，率性之谓道，修道之谓教。”照我的解说，即是很明白的这种主张。不过后代的人都只拿去讲章旨节旨，没有人实行罢了。我不是说半部《中庸》可以济世，但以表示中国可以了解这个思想。日本虽然也很受到宋学的影响，生活上却可以说是承受平安朝的系统，还有许多唐代的流风余韵，因此了解生活之艺术也更是容易。在许多风俗上，日本的确保存这艺术的色彩，为我们中国人所不及，但由道学家看来，或者这正是他们的缺点也未可知罢。

十三年十一月

石板路

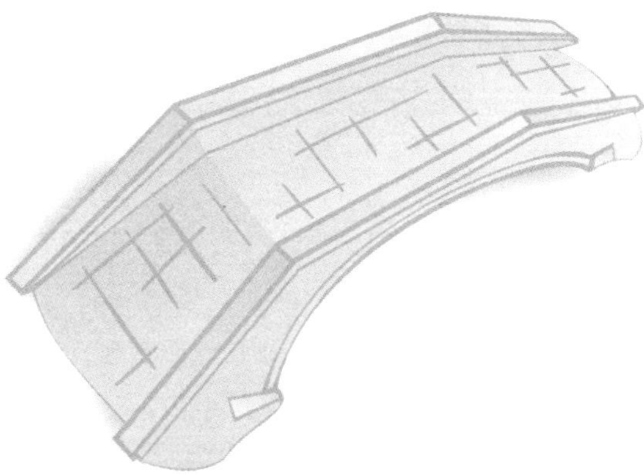

石板路在南边可以说是习见的物事，本来似乎不值得提起来说，但是住在北京久了，现在除了天安门前的一段以外，再也见不到石路，所以也觉似有点稀罕。南边石板路虽然普通，可是在自己最为熟悉也最有兴趣的，自然要算是故乡的，而且还是三十年前那时候的路，因为我离开家乡就已将三十年，在这中间，石板恐怕都已变成了粗恶的马路了吧。

案《宝庆会稽续志》卷一《街衢》云：

越为会府，衢道久不修治，遇雨泥淖几于没膝，往来病之。守汪纲亟命计置工石，所至缮砌，浚治其湮塞，整齐其嵚崎。除哄陌之秽污，复河渠之便利，道涂堤岸，以至桥梁，靡不加葺，坦夷如砥，井里嘉叹。

《乾隆绍兴府志》卷七引《康熙志》云：

国朝以来，衢路益修洁，自市门至委巷，粲然皆石甃，故海内有天下绍兴街之谣。然而生齿日繁，阛阓充斥，居民日夕侵占，以广市廛，初联接飞檐，后竟至丈余，为居货交易之所，一人作俑，左右效尤，街之存者仅容车马。每遇雨霁雪消，一线之径，阳焰不能射入，积至五六日犹泥泞，行者苦之。至冬残岁晏，乡民杂遝，到城贸易百物，肩摩趾蹑，一失足则腹背为人蹂躏。康熙六十年，知府俞卿下令辟之，以石牌坊中柱为界，使行人足以往来。

查志，载汪纲以宋嘉定十四年权知绍兴府，至清康熙六十年整整是五百年，那街道大概就一直整理得颇好，又过二百年直至清末还是差不多。我们习惯了也很觉得平常，原来却有天下绍兴街之谣，这是在现今方才知道。小时候听唱山歌，有一首云：

知了喳喳叫，
石板两头翘，
懒惰女客困旰觉。

知了即是蝉的俗名。盛夏蝉鸣，路上石板都热得像木板晒干，两头翘起。又有歌述女仆的生活，主人乃是大家，其门内是一块石板到底。由此可知，在民间生活上，这石板是如何普遍，随处出现。我们又想到七星岩的水石宕，通称东湖的绕门山，都是从前开采石材的遗迹，在绕门山左近还正在采凿着，整座的石山就要变成平地，这又是别一个证明。普通人家自大门内凡是走路一律都是石板，房内用砖铺地，或用大方砖名曰地平，贫家自然也多只是泥地，但凡路必用石，即使在小村里，也有一条石板路，阔只二尺，仅够行走。至于城内的街，无不是石，年久光滑不便于行，则凿去一层，雨后即着旧钉鞋，行走其上亦不虞颠仆，更不必说穿草鞋的了。街市之杂遝，仍如旧志所说，但店家侵占并不多见，只是在大街两边，就店外摆摊者极多，大抵自轩亭口至江桥，几乎沿路接连不断，中间空路也就留存得有限，从前越中无车马，水行用船，陆行用轿，所以如改正旧文，当云“仅容肩舆”而已。这些摆摊的，当然有好些花样，不晓得如今为何记不清楚，这不知究竟是为了年老健忘，还是嘴馋眼馋的缘故，记得最明白的却是那些水果摊子，满台摆满了秋白梨和苹果，一堆一角小洋，商人大张着嘴在那里嚷着叫卖。这种呼声也很值得记录，可惜也忘记了，只记得一点大意。

石天基《笑得好》中有一则笑话，题目是《老虎诗》，其文曰：

一人向众夸说：“我见一首虎诗，做得极好极妙，止得四句诗，便描写已尽。”旁人请问。其人曰：“头一句是甚的甚的虎，第二句是甚的甚的苦。”旁人又曰：“既是上二句忘了，可说下二句罢。”其人仰头想了又想，乃曰：“第三句其实忘了，还亏第四句记得明白，是很得很的意思。”

市声本来也是一种歌谣，失其词句，只存意思，便与这老虎诗无异。叫卖的说东西贱，意思原是寻常，不必多来记述，只记得有一个特殊的例：卖秋白梨的大汉叫卖一两声，频高呼曰“来驮哉，来驮哉”，其声甚急迫。这三个字本来也可以解为“请来拿吧”，但从急迫的声调上推测过去，则更像是警戒或告急之词，所以显得他很是特别。他的推销法亦甚积极，如有长衫而不似寒酸或啬刻的客近前，便云:“拿几堆去吧”。不待客人说出数目，已将台上两个一堆或三个一堆的梨头用右手搅乱归并，左手即抓起竹丝所编三文一只的苗篮来，否则亦必取大荷叶卷成漏斗状，一堆两堆地尽往里装下去。客人连忙阻止，并说出需要的堆数，早已来不及。普通的顾客大抵不好固执，一定要他从荷叶包里拿出来再摆好在台上，所以只阻止他不再加入，原要两堆如今已是四堆，也就多花两个角子算了。俗语云，“押卖情销”，上边所说可以算作一个实例。路边除水果外，一定还有些别的摊子，大概因为所卖货色小时候不大亲近，商人又不是那么大嚷大叫，所以不大注意，至今也就记不起来了。

与石板路有关联的，还有那石桥。这在江南是山水风景中的一个重要分子，在画面上可以时常见到。绍兴城里的西边自北海桥以次，有好些大的圆洞桥，可以入画，老屋在东郭门内，近处便很缺少了，如张马桥、都亭桥、大云桥、塔子桥、马梧桥等，差不多都只有两三级，有的还与路相平，底下只可通小船而已。禹迹寺前的春波桥是个例外，还是小圆洞桥，但其下可以通行任何乌篷船，石级也当有七八级了。虽然凡桥虽低而两栏不是墙壁者，照例总有天灯用以照路，不过我所明了记得的，却又只是春波桥，大约因为桥较大，天灯亦较高的缘故吧。这乃是一支木竿高约丈许，横木上着板制“人”字屋脊，下有玻璃方龛，点油灯，每夕以绳上下悬挂。

翟晴江《无不宜斋稿》卷一《甘棠村杂咏》之十七“咏天灯”云:

冥冥风雨宵，孤灯一杠揭。

荧光散空虚，灿逾田烛设。

夜间归人稀，隔林自明灭。

这所说是杭州的事，但大体也是一样。在民国以前，属于慈善性的社会事业，由民间有志者主办，到后来恐怕已经消灭了吧。其实就是在那时候，天灯的用处大半也只是一种装点，夜间走路的人，除了夜行人外，总须得自携灯笼，单靠天灯是绝不够的。拿了“便行”灯笼走着，忽见前面低空有一点微光，预告这里有一座石桥了，这当然也是有益的，同时也是有趣味的事。

民国三十四年十二月二日记，时正闻驴鸣

雨的感想

今年夏秋之间北京的雨下的不太多，虽然在田地里并不旱干，城市中也不怎么苦雨，这是很好的事。北京一年间的雨量本来颇少，可是下得很有点特别，他把全年份的三分之二强在六七八月中间落了，而七月的雨又几乎要占这三个月份总数的一半。照这个情形说来，夏秋的苦雨是很难免的。在民国十三年和二十七年，院子里的雨水上了阶沿，进到西书房里去，证实了我的苦雨斋的名称，这都是在七月中下旬，那种雨势与雨声，想起来也还是很讨嫌，因此对于北京的雨我没有什么好感，像今年的雨量不多，虽是小事，但在我看来自然是很可感谢的了。

不过讲到雨，也不是可以一口抹杀，以为一定是可嫌恶的。这须得分别言之，与其说时令，还不如说要看地方而定。在有些地方，雨并不可嫌恶，即使不必说是可喜。囫囵地说一句南方，恐怕不能得要领，我想不如具体地说明，在到处有河流、满街是石板路的地方，雨是不觉得讨厌的，那里即使会涨大水，成水灾，也总不至于使人有苦雨之感。我的故乡在浙东的绍兴，便是这样的一个好例。在城里，每条路差不多有一条小河平行着，其结果是街道上桥很多，交通利用大小船只，民间饮食洗濯依赖河水，大家才有自用井，蓄雨水为饮料。

河岸大抵高四五尺，下雨虽多，尽可容纳，只有上游水发，而闸门淤塞，下流不通，成为水灾，但也是田野乡村多受其害，城里河水是不至于上岸的。因此住在城里的人遇见长雨，也总不必担心水会灌进屋子里来，因为雨水都流入河里，河固然不会得满，而水能一直流去，不至停住在院子或街上者，则又全是石板路的关系。我们不曾听说有下水沟渠的名称，但是石板路的构造仿佛是包含有下水计划在内的，大概石板底下都用石条架着，无论多少雨水全由石缝流下，一总到河里去。人家里边的通路以及院子即所谓明堂也无不是石板，室内才用大方砖砌地，俗名曰地平。在老家里有一个长方的院子，承受南北两面楼房的雨水，即使下到四十八小时以上，也不见它停留一寸半寸的水，现在想起来，觉得很是特别。秋季长雨的时候，睡在一间小楼上或是书房内，整夜地听雨声不绝，固然是一种喧嚣，却也可以说是一种萧寂，或者感觉好玩也无不可，总之不会得使人忧虑的。吾家濂溪先生有一首《夜雨书窗》的诗云：

> 秋风扫暑尽，半夜雨淋漓。
> 绕屋是芭蕉，一枕万响围。
> 恰似钓鱼船，篷底睡觉时。

这诗里所写的不是浙东的事，但是情景大抵近似，总之说是南方的夜雨是可以的吧。在这里便很有一种情趣，觉得在书室听雨如睡钓鱼船中，倒是很好玩似的。不雨无论久暂，道路不会泥泞，院落不会积水，用不着什么忧虑，所有的唯一的忧虑只是怕漏。大雨、急雨从瓦缝中倒灌而入，长雨则瓦都湿透了，可以浸润缘入，若屋顶破损，更不必说。所以雨中搬动面盆、水桶，罗列满地，承接屋漏，是常见的事。民间故事说不怕老虎只怕漏，生出偷儿和老虎、猴子的纠纷来，日本也有虎狼古屋漏的传说，可见此怕漏的心理，分布得很是广远也。

下雨与交通不便本是很相关的，但在上边所说的地方也并不一定如此。一般交通既然多用船只，下雨时照样地可以行驶，不过篷窗不能推开，坐船的人看不到山水村庄的景色，或者未免气闷，但是闭窗坐听急雨打篷，如周濂溪所说，也未始不是有趣味的事。再说舟子，他无论遇见如何的雨和雪，总只是一蓑一笠，站在后艄摇他的橹，这不要说什么诗味画趣，却是看去总毫不难看，只觉得辛劳质朴，没有车夫的那种拖泥带水之感。还有一层，雨中水行同平常一样的平稳，不会像陆行的多危险，因为河水固然一时不能骤增，即使增涨了，如俗语所云，水涨船高，别无什么害处，其唯一可能的影响乃是桥门低了，大船难以通行，若是一人两桨的小船，还是往来自如。水行的危险盖在于遇风，春夏间往往于晴明的午后陡起风暴，中小船只在河港阔大处，又值舟子缺少经验，易于失事，若是雨则一点都不要紧也。坐船以外的交通方法还有步行。雨中步行，在一般人想来总很是困难的吧，至少也不大愉快。在铺着石板路的地方，这情形略有不同。因为是石板路的缘故，既不积水，亦不泥泞，行路困难已经几乎没有，余下的事只需防湿便好，这有雨具就可济事了。从前的人出门必带钉鞋、雨伞，即是为此，只要有了雨具，又有脚力，在雨中要走多少里都可随意，反正地面都是石板，城坊无须说了，就是乡村间其通行大道，至少有一块石板宽的路可走，除非走入小路岔道，并没有泥泞难行的地方。本来防湿的方法最好是不怕湿，赤脚穿草鞋，无往不便利平安，可是上策总难实行，常人还只好穿上钉鞋，撑了雨伞，然后安心地走到雨中去。我有过好多回这样地在大雨中间行走，到大街里去买吃食的东西，往返就要花两小时的工夫，一点都不觉得有什么困难。最讨厌的还是夏天的阵雨，出去时大雨如注，石板上一片流水，很高的钉鞋齿踏在上边，有如低板桥一般，倒也颇有意思，可是不久云收雨散，石板上的水经太阳一晒，随即干涸，我们走回来时把钉鞋踹在石板路上“嘎啷嘎啷”地响，自己也觉得怪寒伧的，街头的野孩子见了又要起哄，说是旱地乌龟来了。这是夏日雨中出门的人常有的经验，或者可以说是关于钉鞋、雨伞的一件顶不愉快的事情吧。

以上是我对于雨的感想，因了今年北京夏天不大下雨而引起来的。但是我所说的地方的情形也还是民国初年的事，现今一定很有变更，至少路上石板未必保存得住，大抵已改成蹩脚的马路了吧。那么雨中步行的事便有点不行了，假如河中还可以行船，屋下水沟没有闭塞，在篷底窗下可以平安地听雨，那就已经是很可喜幸的了。

民国甲申，八月处暑节

乌篷船

子荣君：

接到手书，知道你要到我的故乡去，叫我给你一点什么指导。老实说，我的故乡，真正觉得可怀恋的地方，并不是那里；但是因为在那里生长，住过十多年，究竟知道一点情形，所以写这一封信告诉你。

我所要告诉你的，并不是那里的风土人情，那是写不尽的，但是你到那里一看，也就会明白的，不必啰嗦地多讲。我要说的是一种很有趣的东西，这便是船。你在家乡平常总坐人力车、电车或是汽车，但在我的故乡那里，这些都没有，除了在城内或山上是用轿子以外，普通代步都是用船。船有两种，普通坐的都是“乌篷船”，白篷的大抵作航船用，坐夜航船到西陵去也有特别的风趣，但是你总不便坐，所以我就可以不说了。乌篷船大的为“四明瓦”（Sy-menngoa），小的为脚划船（划，读如 uoa），亦称小船。但是最适用的还是在这中间的“三道”，亦即三明瓦。篷是半圆形的，用竹片编成，中夹竹箬，上涂黑油，在两扇“定篷”之间放着一扇遮阳，也是半圆的，木作格子，嵌着一片片的小鱼鳞，径约一寸，颇有点透明，略似玻璃而坚韧耐用，这就称为明瓦。三明瓦者，谓其中舱有两道，后舱有一道明瓦也。船尾用橹，大抵两支，船首有竹篙，用以定船。船头着眉目，状如老虎，但似在微笑，颇滑稽而不可怕，唯白篷船则无之。三道船篷之高大约可以使你直立，舱宽可以放下一顶方桌，四个人坐着打麻将——这个恐怕你也已学会了罢？小船则真是一叶扁舟，你坐在船底席上，篷顶离你的头有两三寸，你的两手可以搁在左右的舷上，还把手都露出在外边。在这种船里，仿佛是在水面上坐，靠近田岸去时，泥土便和你的眼鼻接近，而且遇着风浪，或是坐得稍不小心，就会船底朝天，发生危险，但是也颇有趣味，是水乡的一种特色。不过你总可以不必去坐，最好还是坐那三道船罢。

你如坐船出去，可是不能像坐电车的那样性急，立刻盼望走到。倘若出城，走三四十里路，（我们那里的里程是很短，一里才及英里三分之一，）来回总要预备一天。你坐在船上，应该是游山的态度，看看四周物色，随处可见的山，岸旁的乌桕，河边的红蓼和白苹，渔舍，各式各样的桥，困倦的时候睡在舱中拿出随笔来看，或者冲一碗清茶喝喝。偏门外的鉴湖一带，贺家池，壶觞左近，我都是喜欢的，或者往娄公埠骑驴去游兰亭，（但我劝你还是步行，骑驴或者于你不很相宜，）到得暮色苍然的时候进城上都挂着薜荔的东门来，倒是颇有趣味的事。倘若路上不平静，你往杭州去时，可于下午开船，黄昏时候的景色正最好看，只可惜这一带地方的名字我都忘记了。夜间睡在舱中，听水声、橹声、来往船只的招呼声，以及乡间的犬吠、鸡鸣，也都很有意思。雇一只船到乡下去看庙戏，可以了解中国旧戏的真趣味，而且在船上行动自如，要看就看，要睡就睡，要喝酒就喝酒，我觉得也可以算是理想的行乐法。只可惜讲维新以来这些演剧与迎会都已禁止，中产阶级的低能人别在“布业会馆”等处建起“海式”的戏场来，请大家买票看上海的猫儿戏。这些地方你千万不要去。——你到我那故乡，恐怕没有一个人认得，我又因为在教书，不能陪你去玩，坐夜船，谈闲天，实在抱歉而且惆怅。川岛君夫妇现在偁山下，本来可以给你介绍，但是你到那里的时候他们恐怕已经离开故乡了。初寒，善自珍重，不尽。

十五年十一月十八日夜，于北京

谈娱乐

我不是清教徒，并不反对有娱乐。

明末谢在杭著《五杂俎》卷二有云：

> 大抵习俗所尚，不必强之，如竞渡游春之类，小民多有衣食于是者，损富家之羡镪以度贫民之糊口，非徒无益有损比也。

清初刘继庄著《广阳杂记》卷二云：

> 余观世之小人未有不好唱歌、看戏者，此性天中之《诗》与《乐》也；未有不看小说、听说书者，此性天中之《书》与《春秋》也；未有不信占卜、祀鬼神者，此性天中之《易》与《礼》也。圣人六经之教原本人情，而后之儒者乃不能因其势而利导之，百计禁止遏抑，务以成周之刍狗茅塞人心，是何异塞川使之不流，无怪其决裂溃败也。夫今之儒者之心为刍狗之所塞也久矣，而以天下大器使之为之，爰以图治，不亦难乎。

又清末徐仲可著《大受堂札记》卷五云：

儿童叟妪皆有历史观念。于何征之？征之于吾家。光绪丙申居萧山，吾子新六方七龄，自塾归，老佣赵余庆于灯下告以戏剧所演古事如《三国志》《水浒传》等，新六闻之手舞足蹈。乙丑居上海，孙大春八龄，女孙大庆九龄、大庚六龄，皆喜就杨媪、王媪听谈话，所语亦戏剧中事。杨，京兆人，谓之曰“讲古今”；王，绍兴人，谓之曰“说故事”。三孩端坐倾听，乐以忘寝。珂于是知戏剧有启牖社会之力，未可以淫盗之事导人入于歧途，且又知力足以延保姆者之尤有益于儿童也。

三人所说都有道理，徐君的话自然要算最浅，不过社会教育的普通话。刘君能看出六经的本相来，却是绝大见识，这一方面使人知道民俗之重要性，另一方面可以稍开儒者一流的茅塞，是很有意义的事。谢君谈民间习俗而注意经济问题，也很可佩服，这与我不赞成禁止社戏的意思相似，虽然我并不着重消费的方面，只是觉得生活应该有张弛，高攀一点也可以说不过是柳子厚《题毛颖传》里的有些话而已。

我所谓娱乐的范围颇广，自竞渡游者以至讲古今，或坐茶店，站门口，嗑瓜子，抽旱烟之类，凡是生活上的转换，非负担而是一种享受者，都可算在里边，为得要使生活与工作不疲敝而有效率，这种休养是必要的，不过这里似乎也不可不有个限制，正如在一切事上一样，即是这必须是自由的，不，自己要自由，还要以他人的自由为界。娱乐也有自由，似乎有点可笑，其实却并不然。娱乐原来也是嗜好，本应各有所偏爱，不会统一，所以正当的娱乐须是各人所最心爱的事，我们不能干涉人家，但人家亦不该来强迫我们非附和不可。我是不反对人家听戏的，虽然这在我自己是素所厌恶的东西之一。这个态度，至少在最近二十年中，一点没有改变。其实就是说好唱歌、看戏是性天中之《诗》与《乐》的刘继庄，他的态度也未尝不如此，如《广阳杂记》卷二有云：

饭后益冷，沽酒群饮，人各二三杯而止，亦皆醺然矣。饮讫，某某者忽然不见，询之则知往东塔街观剧矣。噫，优人如鬼，村歌如哭，衣服如乞儿之破絮，科诨如泼妇之骂街，犹有人焉冲寒而久立以观之，则声色之移人固有不关美好者矣。

又卷三云：

亦舟以优觞款予，剧演《玉连环》，楚人强作吴歈，丑拙至不可忍。予向极苦观剧，今值此酷暑如焚，村优如鬼，兼之恶酿如药，而主人之意则极诚且敬，必不能不终席，此生平之一劫也。

刘君所厌弃者，初看似是如鬼之优人，或者有上等声色亦所不弃，但又云向极苦观剧，则是性所不喜欢也。有人冲寒久立以观泼妇之骂街，亦有人以优觞相款为生平一劫，于此可见物性不齐，不可勉强，务在处分得宜，趋避有道，皆能自得，斯为善耳。不佞对于广阳子甚有同情，故多引用其语，差不多也就可以替我说话。不过他的运气还比较的要好一点，因为那时只有人请他吃酒、看戏，这也不会是常有的事，为敷衍主人计忍耐一下，或者还不很难，几年里碰见一两件不如意事，岂不是人生所不能免的么。优觞我不曾遇着过，被邀往戏园里去看当然是可能的，但我们可以谢谢不去，这就是上文所说还有避的自由也。譬如古今书籍浩如烟海，任人取读，有些不中意的，如卑鄙的应制宣传文，荒谬的果报录，看不懂的诗文等，便可干脆抛开不看，并没人送到眼前来，逼着非读不可。戏文是在戏园里边，正如鸦片是在某种国货店里，白面在某种洋行里一样，喜欢的人可以跑去买，若是闭门家里坐，这些货色是不会从顶棚上自己掉下来的。现在的世界进了步了，我们的运气便要比刘继庄坏得多，盖无线电盛行，几乎随时随地把戏文及其他擅自放进人家里来，吵闹得着实难过，有时真使人感到道地的绝望。去年五月间，我写过一篇《北平的好坏》，曾讲到这件事，有云：

我反对旧剧的意见不始于今日，不过这只是我个人的意见，自己避开戏园就是了，本不必大声疾呼，想去警世传道，因为如上文所说，趣味感觉各人不同，往往非人力所能改变，固不特鸦片小脚为然也。但是现在情形有点不同了，自从无线电广播发达以来，出门一望，但见四面多是歪斜碎裂的竹竿，街头巷尾充满着非人世的怪声，而其中以戏文为最多，简直使人无所逃于天地之间，非硬听京戏不可，此种压迫实在比苛捐杂税还要难受。

我这里只举戏剧为例，事实上还有大鼓书，也为我所同样地深恶痛绝的东西。本来我只在友人处听过一回大鼓书，留声机片也有两张刘宝全的，并不觉得怎么可厌。这一两个月里比邻整夜地点电灯，并开无线电，白天则全是大鼓书，我的耳朵里充满了野卑的声音与单调的歌词，犹如在头皮上不断地滴水，使我对于这有名的清口大鼓感觉十分的厌恶，只要听到那“崩崩”的鼓声，就觉得满身不愉快。我真个服这种强迫的力量，能够使一个人这样确实地从中立转到反对的方面去。这里我得到两个教训的结论。宋季雅曰:“一百万买宅，千万买邻。”这的确是一句有经验的话。孔仲尼曰:“己所不欲，勿施于人。”这句话虽好，却还只有一半——己之所欲，勿妄加诸人，也是同样的重要，我愿世人于此等处稍为吝啬点，不要随意以钟鼓享爰居，庶几亦是一种忠恕之道也。

二十六年六月二十三日，于北平

谈酒

这个年头儿，喝酒倒是很有意思的。我虽是京兆人，却生长在东南的海边，是出产酒的有名地方。我的舅父和姑父家里时常做几缸自用的酒，但我终于不知道酒是怎么做法，只觉得所用的大约是糯米，因为儿歌里说，“老酒糯米做，吃得变 nionio”——末一字是本地叫猪的俗语。做酒的方法与器具似乎都很简单，只有煮的时候的手法极不容易，非有经验的工人不办，平常做酒的人家大抵聘请一个人来，俗称“酒头工”，以自己不能喝酒者为最上，叫他专管鉴定煮酒的时节。有一个远房亲戚，我们叫他“七斤公公”——他是我舅父的族叔，但是在他家里做短工，所以舅母只叫他作“七斤老”，有时也听见她叫“老七斤”，是这样的酒头工，每年去帮人家做酒；他喜吸旱烟，说玩话，打麻将，但是不大喝酒，（海边的人喝一两碗是不算能喝，照市价计算也不值十文钱的酒，）所以生意很好，时常跑一二百里路被招到诸暨嵊县去。据他说，这实在并不难，只须走到缸边屈着身听，听见里边起泡的声音，“切切察察”的，好像是螃蟹吐沫（儿童称为蟹煮饭）的样子，便拿来煮就得了；早一点酒还未成，迟一点就变酸了。但是怎么是恰好的时期，别人仍不能知道，只有听熟的耳朵才能够断定，正如古董家的眼睛辨别古物一样。

大人家饮酒多用酒盅，以表示其斯文，实在是不对的。正当的喝法是用一种酒碗，浅而大，底有高足，可以说是古已有之的香槟杯。平常起码总是两碗，合一“串筒”，价值似是六文一碗。串筒略如倒写的凸字，上下部如一与三之比，以洋铁为之，无盖无嘴，可倒而不可筛。据好酒家说，酒以倒为正宗，筛出来的不大好吃。唯酒保好于量酒之前先“荡”（置水于器内，摇荡而洗涤之谓）串筒，荡后往往将清水之一部分留在筒内，客嫌酒淡，常起争执，故喝酒老手必先戒堂倌勿荡串筒，并监视其量好放在温酒架上。能饮者多索竹叶青，通称曰“本色”。“元红”系状元红之略，则着色者，唯外行人喜饮之。在外省有所谓花雕者，唯本地酒店中却没有这样东西。相传昔时人家生女，则酿酒贮花雕（一种有花纹的酒坛）中，至女儿出嫁时用以饷客，但此风今已不存，嫁女时偶用花雕，也只临时买元红充数，饮者不以为珍品。有些喝酒的人预备家酿，却有极好的，每年做醇酒若干坛，按次第埋园中，二十年后掘取，即每岁皆得饮二十年陈的老酒了。此种陈酒例不发售，故无处可买，我只有一回在旧日业师家里喝过这样好酒，至今还不曾忘记。

我既是酒乡的一个土著，又这样的喜欢谈酒，好像一定是个与“三酉”结不解缘的酒徒了。其实却大不然。我的父亲是很能喝酒的，我不知道他可以喝多少，只记得他每晚用花生米、水果等下酒，且喝且谈天，至少要花费两点钟，恐怕所喝的酒一定很不少了。但我却是不肖，不，或者可以说有志未逮，因为我很喜欢喝酒而不会喝，所以每逢酒宴，我总是第一个醉与脸红的。自从辛酉患病后，医生叫我喝酒以代药饵，定量是勃阑地每回二十格阑姆，蒲桃酒与老酒等倍之，六年以后酒量一点没有进步，到现在只要喝下一百格阑姆的花雕，便立刻变成关夫子了。（以前大家笑谈称作“赤化”，此刻自然应当谨慎，虽然是说笑话。）有些有不醉之量的，愈饮愈是脸白的朋友，我觉得非常可以欣羡，只可惜他们愈能喝酒便愈不肯喝酒，好像是美人之不肯显示她的颜色，这实在是太不应该了。

黄酒比较的便宜一点，所以觉得时常可以买喝，其实别的酒也未尝不好。白干于我未免过凶一点，我喝了常怕口腔内要起泡，山西的汾酒与北京的莲花白虽然可喝少许，也总觉得不很和善。日本的清酒我颇喜欢，只是仿佛新酒模样，味道不很静定。蒲桃酒与橙皮酒都很可口，但我以为最好的还是勃阑地。我觉得西洋人不很能够了解茶的趣味，至于酒则很有工夫，绝不下于中国。天天喝洋酒当然是一个大的漏卮，正如吸烟卷一般，但不必一定进国货党，咬定牙根要抽净丝，随便喝一点什么酒其实都是无所不可的，至少是我个人这样地想。

喝酒的趣味在什么地方？这个我恐怕有点说不明白。有人说，酒的乐趣是在醉后的陶然的境界。但我不很了解这个境界是怎样的，因为我自饮酒以来似乎不大陶然过，不知怎的，我的醉大抵都只是生理的，而不是精神的陶醉。所以照我说来，酒的趣味只是在饮的时候，我想悦乐大抵在做的这一刹那，倘若说是陶然，那也当是杯在口的一刻罢。醉了，困倦了，或者应当休息一会儿，也是很安舒的，却未必能说酒的真趣是在此间。昏迷，梦魇，呓语，或是忘却现世忧患之一法门；其实这也是有限的，倒还不如把宇宙、性命都投在一口美酒里的耽溺之力还要强大。我喝着酒，一面也怀着“杞天之虑”，生恐强硬的礼教反动之后将引起颓废的风气，结果是借醇酒、妇人以避礼教的迫害，沙宁（Sanin）时代的出现不是不可能的。但是，或者在中国什么运动都未必彻底成功，青年的反拨力也未必怎么强盛，那么杞天终于只是杞天，仍旧能够让我们喝一口非耽溺的酒也未可知。倘若如此，那时喝酒又一定另外觉得很有意思了罢？

民国十五年六月二十日，于北京

金鱼——草木虫鱼之一

我觉得天下文章共有两种，一种是有题目的，一种是没有题目的。普通作文章大都先有意思，却没有一定的题目，等到意思写出了之后，再把全篇总结一下，将题目补上。这种文章里边，似乎容易出些佳作，因为能够比较自由地发表，虽然后写题目是一件难事，有时竟比写本文还要难些。但也有时候，思想散乱不能集中，不知道写什么好，那么先定下一个题目，再作文章，也未始没有好处，不过这有点近于赋得，很有作出试帖诗来的危险罢了。偶然读英国密伦（A. A. Milne）的小品文集，有一处曾这样说：有时排字房来催稿，实在想不出什么东西来写，只好听天由命，翻开字典，随手抓到的就是题目。有一回抓到金鱼，结果果然有一篇《金鱼》收在集里。我想这倒是很有意思的事，也就来一下子，写一篇《金鱼》试试看，反正我也没有什么非说不可的大道理，要尽先发表，那么来作赋得的咏物诗也是无妨，虽然并没有排字房催稿的事情。

说到金鱼，我其实是很不喜欢金鱼的，在豢养的小动物里边，我所不喜欢的，依着不喜欢的程度，其名次是叭儿狗、金鱼、鹦鹉。鹦鹉身上穿着大红大绿，满口怪声，很有野蛮气，叭儿狗的身体固然太小，还比不上一只猫，（小学教科书上却还在说，猫比狗小，狗比猫大！）而鼻子尤其耸得难过。我平常不大喜欢耸鼻子的人，虽然那是人为的，暂时的，把鼻子耸动，并没有永久地将它缩作一堆。人的脸上固然不可没有表情，但我想只要淡淡地表示就好，譬如微微一笑，或者在眼光中露出一种感情——自然，恋爱与死等可以算是例外，无妨有较强烈的表示，但也似乎不必那样掀起鼻子，露出牙齿，仿佛是要咬人的样子。这种嘴脸只好放到影戏里去，反正与我没有关系，因为二十年来我不曾看电影。然而金鱼恰好兼有叭儿狗与鹦鹉二者的特点，它只是不用长绳子牵了在贵夫人的裙边跑，所以减等发落，不然这第一名恐怕准定是它了。

我每见金鱼一团肥红的身体，突出两只眼睛，转动不灵地在水中游泳，总会联想到中国的新嫁娘，身穿红布袄裤，扎着裤腿，拐着一对小脚，伶俜地走路。我知道自己有一种毛病，最怕看真的，或是类似的小脚。十年前曾写过一篇小文曰《天足》，起头第一句云："我最喜欢看见女人的天足。"曾蒙友人某君所赏识，因为他也是反对"务必脚小"的人。我倒并不是怕做野蛮，现在的世界正如美国洛威教授的一本书名，谁都有"我们是文明么"的疑问，何况我们这道统国，剐呀割呀都是常事，无论个人怎么努力，这个野蛮的头衔休想去掉，实在凡是稍有自知之明，不是夸大狂的人，恐怕也就不大有想去掉的这种野心与妄想。小脚女人所引起的另一种感想乃是残废，这是极不愉快的事，正如驼背或脖子上挂着一个大瘤，假如这是天然的，我们不能说是嫌恶，但总之至少不喜欢看总是确实的了。有谁会赏鉴驼背或大瘤呢？金鱼突出眼睛，便是这一类的现象。另外有叫作绯鲤的，大约是它的表兄弟吧，一样地穿着大红棉袄，只是不开衩，眼睛也是平平地装在脑袋瓜儿里边，并不比平常的鱼更为鼓出，因此可见金鱼的眼睛是一种残疾，无论碰在水草上时容易戳瞎乌珠，就是平常也一定近视得了不得，要吃馒头末屑也不大方便罢。照中国人喜欢小脚的常例推去，金鱼之爱可以说宜乎众矣，但在不佞实在是两者都不敢爱，我所爱的还只是平常的鱼而已。

想象有一个大池——池非大不可，须有活水，池底有种种水草才行，如从前碧云寺的那个石池，虽然老实说起来，人造的死海似的水洼都没有多大意思，就是三海也是俗气寒伧气，无论这是哪一个大皇帝所造，因为皇帝压根儿就非俗恶粗暴不可，假如他有点儿懂得风趣，那就得亡国完事，至于那些俗恶的朋友也会亡国，那是另一回事。如今话又说回来，一个大池，里边如养着鱼，那最好是天空或水的颜色的，如鲫鱼，其次是鲤鱼。我这样地分等级，好像是以肉的味道为标准，其实不然。我想，水里游泳着的鱼应当是暗黑色的才好，身体又不可太大，人家从水上看下去，窥探好久，才看见隐隐的一条在那里，有时或者简直就在你的鼻子前面，等一忽儿却又不见了，这比一件红冬冬的东西渐渐地近摆来，好像望那西湖里的广告船，（据说是点着红灯笼，打着鼓，）随后又渐渐地远开去，更为有趣得多。鲫鱼便具备这种资格，鲤鱼未免个儿太大一点，但它是要跳龙门去的，这又难怪它。此外有些白鲦，细长银白的身体，游来游去，仿佛是东海海边的泥鳅龙船，有时候不知为什么事出了惊，拨刺地翻身即逝，银光照眼，也能增加水界的活气。在这样地方，无论是金鱼，还是平眼的绯鲤，也是不适宜的。红袄裤的新嫁娘，如其脚是小的，那只好就请她在炕上爬或坐着，即使不然，也还是坐在房中，在油漆气芸香或花露水气中，比较的可以得到一种调和。所以金鱼的去处还是富贵人家的绣房，浸在五彩的瓷缸中，或是玻璃的圆球里，去和叭儿狗与鹦鹉做伴侣罢了。

几个月没有写文章，天下的形势似乎已经大变了，有志要做新文学的人，非多讲某一套话不容易出色。我本来不是文人，这些时式的变迁，好歹于我无干，但以旁观者的地位看去，我倒是觉得可以赞成的。为什么呢？文学上永久有两种潮流，言志与载道。二者之中，则载道易而言志难。我写这篇，赋得金鱼，原是有题目的文章，与帖括有点相近，盖已少言志而多载道欤。我虽未敢自附于新文学之末，但自己觉得颇有时新的意味，故附记于此，以志作风之转变云耳。

十九年三月十日

虱子——草木虫鱼之二

偶读罗素所著《结婚与道德》，第五章讲中古时代思想的地方，有这一节话：

那时教会攻击洗浴的习惯，以为凡使肉体清洁可爱好者，皆有发生罪恶之倾向。肮脏不洁是被赞美，于是圣贤的气味变成更为强烈了。圣保拉说，身体与衣服的洁净，就是灵魂的不净。虱子被称为神的明珠，爬满这些东西是一个圣人的必不可少的记号。

我记起我们东方文明的选手辜鸿铭先生来了，他曾经礼赞过不洁，说过相仿的话，虽然我不能知道他有没有把虱子包括在内，或者特别提出来过。但是，即是辜先生不曾有什么颂词，虱子在中国文化历史上的位置也并不低，不过这似乎只是名流的装饰，关于古圣先贤还没有文献上的证明罢了。晋朝的王猛的名誉，一半固然在于他的经济的事业，他的捉虱子这一件事恐怕至少也要居其一半。到了二十世纪之初，梁任公先生在横滨办《新民丛报》，那时有一位重要的撰述员，名叫扪虱谈虎客，可见这个还很时髦，无论他身上是否真有那晋朝的小动物。

洛威（R. H. Lowie）博士是旧金山大学的人类学教授，近著一本很有意思的通俗书《我们是文明么》，其中有好些可以供我们参考的地方。第十章讲衣服与时装，他说起十八世纪时妇人梳了很高的髻，有些矮的女子，她的下巴颏儿正在头顶到脚尖的中间。在下文又说道：

宫里的女官坐车时只可跪在台板上，把头伸在窗外，她们跳着舞，总怕头碰了挂灯。重重扑粉、厚厚衬垫的三角塔终于满生了虱子，很是不舒服，但西欧的时风并不就废止这种时装。结果发明了一种象牙钩钗，拿来搔痒，算是很漂亮的。

第二十一章讲卫生与医药，又说到"十八世纪的太太们头上成群地养虱子"，又举例说明道：

一三九三年，一法国著者教给他美丽的读者六个方法，治她们的丈夫的跳蚤。一五三九年出版的一本书列有奇效方，可以除灭跳蚤，虱子，虱卵，以及臭虫。

照这样看来，不但证明"西洋也有臭虫"，更可见贵夫人的青丝上也满生过虱子。在中国，这自然更要普遍了，褚人获编《坚瓠集》丙集卷三有一篇《须虱颂》，其文曰：

王介甫、王禹玉同侍朝，见虱自介甫襦领直缘其须，上顾而笑，介甫不知也。朝退，介甫问上笑之故，禹玉指以告，介甫命从者去之。禹玉曰："未可轻去，愿颂一言。"介甫曰："何如？"禹玉曰："屡游相须，曾经御览，未可杀也，或曰放焉。"众大笑。

我们的荆公是不修边幅的，有一个半个小虫在胡须上爬，原算不得是什么奇事，但这却令我想起别一件轶事来，据说徽宗在五国城，写信给旧臣道："朕身上生虫，形如琵琶。"照常人的推想，皇帝不认识虱子，似乎在情理之中，而且这样传说，幽默与悲感混在一起，也颇有意思，但是参照上文，似乎有点不大妥帖了。宋神宗见了虱子是认得的，到了徽宗反而退步，如果属实，可谓不克绳其祖武了。《坚瓠集》中又有一条《恒言》，内分两节如下：

张磊塘善清言，一日赴徐文贞公席，食鲳鱼、鳇鱼。庖人误不置醋。张云，仓皇失措。文贞腰扪一虱，以齿毙之，血溅以上。张云，大率类此。文贞亦解颐。

清客以齿毙虱有声，妓哂之。顷妓亦得虱，以添香置炉中而爆。客顾曰："熟了。"妓曰："愈于生吃。"

这一条笔记是很重要的虱之文献，因为他在说明贵人、清客、妓女都有扪虱的韵致外，还告诉我们毙虱的方法。

《我们是文明么》第二十一章中说：

正如老鼠离开将沉的船，虱子也会离开将死的人，依照冰地的学说，所以一个没有虱子的爱斯吉摩人是很不安的。这是多么愉快而且适意的事，两个好友互捉头上的虱以为消遣，而且随复庄重地将它们送到所有者的嘴里去。在野蛮世界，这种交互的服务实在是很有趣的游戏。黑龙江边的民族不知道有别的更好的方法，可以表示夫妇的爱情与朋友的交谊。在亚尔泰山及南西伯利亚的突厥人，也同样地爱好这个玩艺儿。他们的皮衣里满生着虱子，那妙手的土人便永远在那里搜查这些生物，捉到了的时候，咂一咂嘴儿把它们都吃下去。拉得洛夫博士亲自计算过，他的向导在一分钟内捉到八九十匹。在原始民间故事里多讲到这个普遍而且有益的习俗，原是无怪的。

由此可见，普通一般毙虱法都是同徐文贞公一样，就是所谓“生吃”的，只可惜“有礼节的欧洲人是否吞咽他们的寄生物，查不出证据”，但是我想这总也可以假定是如此罢，因为世上恐怕不会有比这个更好的方法，不过史有阙文，洛威博士不敢轻易断定罢了。

但世间万事都有例外，这里自然也不能免。佛教反对杀生，杀人是四重罪之一，犯者波罗夷不共住，就是杀畜生也犯波逸提罪。他们还注意到水中、土中几乎看不出的小虫，那么对于虱子自然也不肯忽略过去。

《四分律》卷五十《房舍犍度法》中云：

于多人住处拾虱弃地，佛言不应尔。彼上座老病比丘数数起弃虱，疲极，佛言：听以器，若毳，若劫贝，若敝物，若绵，拾著中。

若虱走出，应作筒盛。彼用宝作筒，佛言：不应用宝作筒，听用角牙，若骨，若铁，若铜，若铅锡，若竿蔗草，若竹，若苇，若木，作筒，虱若出，应作盖塞。彼宝作塞，佛言：不应用宝作塞，应用牙骨乃至木作，无安处，应以缕系着床脚里。

小林一茶（1763—1827）是日本近代的诗人，又是佛教徒。对于动物，同圣芳济一样，几乎有兄弟之爱，他的咏虱的诗句据我所见就有好几句，其中有这样一首，曾译录在《雨天的书》中，其词曰：

捉到一个虱子，将它掐死固然可怜，要把它舍在门外，让它绝食，也觉得不忍，忽然想到我佛从前给与鬼子母的东西，成此。

虱子呵，放在和我味道一样的石榴上爬着。（注：日本传说，佛降伏鬼子母，给与石榴实食之，以代人肉，因石榴实味酸甜似人肉云。据《鬼子母经》说，她后来变为生育之神，这石榴大约只是多子的象征罢了。）

这样的待遇在一茶可谓仁至义尽，但虱子恐怕有点觉得不合适，因为像和尚那么吃净素，他是不见得很喜欢的。但是，在许多虱的本事之中，这些算是最有风趣了。佛教虽然也重圣贫，一面也还讲究——这称作清洁未必妥当，或者总叫作“威仪”罢，因此有些法则很是细密有趣，关于虱的处分即其一例，至于一茶则更是浪漫化了一点罢了。中国扪虱的名士无论如何不能到这个境界，也绝做不出像一茶那样的许多诗句来，例如——

喂，虱子呵，爬罢爬罢，向着春天的去向。

实在译不好，就此打住罢。——今天是清明节，野哭之声犹在于耳，回家写这小文，聊以消遣，觉得这倒是颇有意义的事。

民国十九年四月五日，于北平

（附记）

友人指示，周密《齐东野语》中有材料可取，于卷十七查得《嚼虱》一则，今补录于下：

余负日茅檐，分渔樵半席，时见山翁、野媪扪身得虱，则致之口中，若将甘心焉，意甚恶之。然揆之于古，亦有说焉。应侯谓秦王曰："得宛临，流阳夏，断河内，临东阳，邯郸犹口中虱。"王莽校尉韩威曰："以新室之威而吞胡虏，无异口中蚤虱。"陈思王著论亦曰："得虱者，莫不劆之齿牙，为害身也。"三人皆当时贵人，其言乃尔，则野老嚼虱亦自有典故，可发一笑。

我尝推究嚼虱的原因，觉得并不由于"若将甘心"的意思，其实只因虱子肥白可口，臭虫固然气味不佳，蚤又太小一点了，而且放在嘴里跳来跳去，似乎不大容易咬着。今见韩校尉的话，仿佛基督同时的中国人曾两者兼嚼，到得后来才人心不古，取大而舍小。不过我想，这个证据未必怎么可靠，恐怕这单是文字上的支配，那么跳蚤原来也是一时的陪绑罢了。

四月十三日，又记

两株树——草木虫鱼之三

我对于植物比动物还要喜欢，原因是因为我懒，不高兴为了区区视听之娱一日三餐地去饲养照顾，而且我也有点相信“鸟身自为主”的迂论，觉得把它们活物拿来作囚徒当奚奴，不是什么愉快的事，若是草木便没有这些麻烦，让它们直站在那里便好，不但并不感到不自由，并且还真是生了根地不肯再动一动哩。但是要看树木花草也不必一定种在自己的家里，关起门来独赏，让它们在野外路旁，或是在人家粉墙之内也并不妨，只要我偶然经过时能够看见两三眼，也就觉得欣然，很是满足的了。

树木里边我所喜欢的第一种是白杨。小时候读《古诗十九首》，读过“白杨何萧萧，松柏夹广路”之句，但在南方终未见过白杨，后来在北京才初次看见。

谢在杭著《五杂俎》中云：

古人墓树多植梧楸，南人多种松柏，北人多种白杨。白杨即青杨也，其树皮白如梧桐，叶似冬青，微风击之辄淅沥有声，故古诗云：“白杨多悲风，萧萧愁杀人。”予一日宿邹县驿馆中，甫就枕即闻雨声，竟夕不绝，侍儿曰：“雨矣。”予讶之曰：“岂有竟夜雨而无檐溜者？”质明视之，乃青杨树也。南方绝无此树。

《本草纲目》卷三五下，引陈藏器曰，“白杨北土极多，人种墟墓间，树大皮白，其无风自动者乃杨移，非白杨也。”又寇宗奭云，“风才至，叶如大雨声，谓无风自动则无此事，但风微时其叶孤极处则往往独摇，以其蒂长叶重大，势使然也。”王象晋《群芳谱》则云：杨有二种，一白杨，一青杨，白杨蒂长两两相对，遇风则簌簌有声，人多植之坟墓间。由此可知，白杨与青杨本自有别，但“无风自动”一节却是相同。在史书中关于白杨有这样的两件故事：

《南史·萧惠开传》——

惠开为少府，不得志，寺内斋前花草甚美，悉铲除，别植白杨。

《唐书·契苾何力传》——

龙翔中，司稼少卿梁脩仁新作大明宫，植白杨于庭，示何力曰：“此木易成，不数年可芘。”何力不答，但诵“白杨多悲风，萧萧愁杀人”之句，脩仁惊悟，更植以桐。

这样看来，似乎大家对于白杨都没有什样好感。为什么呢？这个理由我不大说得清楚，或者因为它老是“簌簌”地动的缘故罢。听说苏格兰地方有一种传说，耶稣受难时所用的十字架是用白杨木做的，所以白杨自此以后就永远在发抖，大约是知道自己的罪孽深重。但是做钉的铁却似乎不曾因此有什么罪，黑铁这件东西在法术上还总有点位置的，不知何以这样地有幸有不幸。（但吾乡结婚时忌见铁，凡门窗上铰链等，悉用红纸糊盖，又似别有缘故。）我承认白杨种在墟墓间的确很好看，然而种在斋前又何尝不好？它那瑟瑟的响声第一有意思。我在前面的院子里种了一棵，每逢夏秋有客来斋夜话的时候，忽闻淅沥声，多疑是雨下，推户出视，这是别种树所没有的佳处。

梁少卿怕白杨的“萧萧”，改种梧桐。其实梧桐也何尝一定吉祥，假如要讲迷信的话，吾乡有一句俗谚云，“梧桐大如斗，主人搬家走。”所以就是别庄花园里也很少种梧桐的。这实在是一件很可惜的事。梧桐的枝干和叶子真好看，且不提那“一叶落知天下秋”的兴趣了。在我们的后院里却有一棵，不知已经有若干年了，我至今看了它十多年，树干还远不到五合的粗，看它大有黄杨木的神气，虽不厄闰也总长得十分缓慢呢。——因此我想到避忌梧桐大约只是南方的事，在北方或者并没有这句俗谚。在这里，梧桐想要如斗大，恐怕不是容易的事罢。

第二种树乃是乌桕，这正与白杨相反，似乎只生长于东南，北方很少见。陆龟蒙诗云，“行歇每依鸦舅影”；陆游诗云，“乌桕赤于枫，园林二月中”，又云，“乌桕新添落叶红”，都是江浙乡村的景象。

《齐民要术》卷十，列“五谷果蓏菜茹非中国物产者”，下注云：

聊以存其名目，记其怪异耳，爰及山泽草木任食非人力所种者，悉附于此。

其中有“乌臼”一项，引《玄中记》云：

荆阳有乌臼，其实如鸡头，迮之如胡麻子，其汁味如猪脂。

《群芳谱》言：

江浙之人，凡高山、大道、溪边、宅畔无不种。

此外，则江西、安徽盖亦多有之。关于它的名字，李时珍说：“乌喜食其子，因以名之。……或曰，其木老则根下黑烂成臼，故得此名。”我想，这或曰恐太迂曲，此树又名鸦舅，或者与乌不无关系。乡间冬天卖野味有桕子舄（读如呆鸟字），是道墟地方名物，此物殆是乌类乎，但是其味颇佳，平常所谓舄肉，几乎便指此舄也。

桕树的特色，第一在叶，第二在实。放翁生长稽山镜水间，所以诗中常常说及桕叶，便是那唐朝的张继寒山寺诗所云“江枫渔火对愁眠”，也是在说这种红叶。

王端履著《重论文斋笔录》卷九论及此诗，注云：

江南临水多植乌桕，秋叶饱霜，鲜红可爱，诗人类指为枫，不知枫生山中，性最恶湿，不能种之江畔也。此诗“江枫”二字亦未免误认耳。

范寅在《越谚》卷中“桕树”项下说：“十月叶丹，即枫，其子可榨油，农皆植田边。”就把两者误合为一。

罗逸长《青山记》云：

山之麓朱村，盖考亭之祖居也，自此倚石啸歌，松风上下，遥望木叶着霜如渥丹，始见怪以为红花，久之知为乌桕树也。

《蓬窗续录》云：

陆子渊《豫章录》言，饶信间桕树冬初叶落，结子放蜡，每颗作“十”字裂，一丛有数颗，望之若梅花初绽，枝柯诘曲，多在野水乱石间，远近成林，真可作画。此与柿树俱称美荫，园圃植之最宜。

这两节很能写出桕树之美，它的特色仿佛可以说是中国画的，不过，此种景色自从我离了水乡的故国已经有三十年不曾看见了。

桕树子有极大的用处，可以榨油制烛，《越谚》卷中“蜡烛”条下注曰：

卷芯草干，熬桕油拖蘸成烛，加蜡为皮，盖紫草汁则红。

汪曰桢著《湖雅》卷八中说得更是详细：

中置烛心，外裹乌桕子油，又以紫草染蜡盖之，曰桕油烛。用棉花子油者曰青油烛，用牛羊油者曰荤油烛。湖俗祀神祭，先必燃两炬，皆用红柏烛。婚嫁用之曰喜烛，缀蜡花者曰花烛，祝寿所用曰寿烛，丧家则用绿烛或白烛，亦柏烛也。

日本寺岛安良编《和汉三才图会》五八引《本草纲目》语云："烛有蜜蜡烛、虫蜡烛、牛脂烛、桕油烛。"后加案语曰：

案：唐式云少府监每年供蜡烛七十挺，则元以前既有之矣。有数品，而多用木蜡、牛脂蜡也。有油桐子、蚕豆、苍耳子等为蜡者，火易灭。有鲸鲵油为蜡者，其焰甚臭，牛脂蜡亦臭。近年制精，去其臭气，故多以牛蜡伪为木蜡，神佛灯明不可不辨。

但是近年来蜡烛恐怕已是倒了运，有洋人替我们造了电灯，其次也有洋蜡、洋油，除了拿到妙峰山上去之外，大约没有它的什么用处了。就是要用蜡烛，反正牛羊脂也凑合可以用得，神佛未必会得见怪——日本真宗的和尚不是都要娶妻吃肉了么？那么桕油并不再需要，田边水畔的红叶白实不久也将绝迹了罢。这于国民生活上本来没有什么关系，不过在我想起来的时候，总还有点怀念，小时候喜读《南方草木状》《岭表录异》和《北户录》等书，这种脾气至今还是存留着，秋天买了一部大板的《本草纲目》，很为我的朋友所笑，其实也只是为了这个缘故罢了。

十九年十二月二十五日，于北平煅药庐

苋菜梗——草木虫鱼之四

近日从乡人处分得腌苋菜梗来吃，对于苋菜仿佛有一种旧雨之感。苋菜在南方是平民生活上几乎没有一天缺的东西，北方却似乎少有，虽然在北平近来也可以吃到嫩苋菜了。查《齐民要术》中便没有讲到，只在卷十列“有人苋”一条，引《尔雅》郭注，但这一卷所讲都是“五谷果蓏菜茹非中国物产者”，而《南史》中则常有此物出现，如《王智深传》云:“智深家贫无人事，尝饿五日不得食，掘苋根食之。”又《蔡樽附传》云:“樽在吴兴不饮郡斋井，斋前自种白苋、紫茄以为常饵，诏褒其清。”都是很好的例。

苋菜据《本草纲目》说共有五种，马齿苋在外。

苏颂曰:

人苋、白苋俱大寒，其实一也，但大者为白苋，小者为人苋耳，其子霜后方熟，细而色黑。紫苋叶通紫，吴人用染爪者，诸苋中唯此无毒不寒。赤苋亦谓之花苋，茎叶深赤，根茎亦可糟藏，食之甚美味辛。五色苋今亦稀有，细苋俗谓之野苋，猪好食之，又名猪苋。

李时珍曰:

苋并三月撒种，六月以后不堪食，老则抽茎如人长，开细花成穗，穗中细子扁而光黑，与青箱子、鸡冠子无别，九月收之。

《尔雅·释草》:“蒉赤苋”；郭注云：“今之苋赤茎者”，郝懿行疏乃云：

今验赤苋茎叶纯紫，浓如燕支，根浅赤色，人家或种以饰园庭，不堪啖也。

照我们经验来说，嫩的紫苋固然可以瀹食，但是“糟藏”的却都用白苋，这原只是一乡的习俗，不过别处的我不知道，所以不能拿来比较了。

说到苋菜，同时就不能不想到甲鱼。《学圃馀疏》云：“苋有红、白二种，素食者便之，肉食者忌与鳖共食。”《本草纲目》引张鼎曰：“不可与鳖同食，生鳖瘕，又取鳖肉如豆大，以觅菜封裹置土坑内，以土盖之，一宿尽变成小鳖也。”其下接连地引汪机曰：“此说屡试不验。”《群芳谱》采张氏的话稍加删改，而未云“即变小鳖”之后却接写一句“试之屡验”，与原文比较来看，未免有点滑稽。这种神异的物类感应，读了的人大抵觉得很是好奇，除了雀入大水为蛤之类无可着手外，总想怎么来试他一试，苋菜、鳖肉反正都是易得的材料，一经实验便自分出真假，虽然也有越试越糊涂的，如《酉阳杂俎》所记：

蝉未脱时名复育，秀才韦翾庄在杜曲，常冬中掘树根，见复育附于朽处，怪之，村人言蝉固朽木所化也，翾因剖一视之，腹中犹实烂木。

这正如剖鸡胃中皆米粒，遂说鸡是白米所化也。苋菜与甲鱼同吃，在三十年前曾和一位族叔试过，现在族叔已将七十了，听说还健在，我也不曾肚痛，那么鳖瘕之说或者也可以归入不验之列了罢。

苋菜梗的制法须俟其“抽茎如人长”，肌肉充实的时候，去叶取梗，切作寸许长短，用盐腌藏瓦坛中，候发酵即成，生熟皆可食。平民几乎家家皆制，每食必备，与干菜、腌菜及螺狮、霉豆腐、千张等为日用的副食物。苋菜梗卤中又可浸豆腐干，卤可蒸豆腐，味与“溜豆腐”相似，稍带枯涩，别有一种山野之趣。读外乡人游越的文章，大抵众口一词地讥笑土人之臭食，其实这是不足怪的，绍兴中等以下的人家大都能安贫贱，敝衣恶食，终岁勤劳，其所食者除米而外唯菜与盐，盖亦自然之势耳。干腌者有干菜，湿腌者以腌菜及苋菜梗为大宗，一年间的“下饭”差不多都在这里，诗云“我有旨蓄，可以御冬”，是之谓也，至于存置日久，干腌者别无问题，湿腌则难免气味变化，顾气味有变而亦别具风味，此亦是事实，原无须引西洋干酪为例者也。

《邵氏闻见录》云：“汪信民常言：人常咬得菜根，则百事可做，胡康侯闻之，击节叹赏。”俗语亦云：“布衣暖，菜根香，读书滋味长。”明洪应明遂作《菜根谭》以骈语述格言，《醉古堂剑扫》与《娑罗馆清言》亦均如此，可见此体之流行一时了。咬得菜根，吾乡的平民足以当之。所谓菜根者，当然包括白菜、芥菜头，萝卜、芋艿之类，而苋菜梗亦附其下。至于苋根，虽然救了王智深的一命，实在却无可吃，因为在只是梗的末端罢了，或者这里就是梗的别称也未可知。咬了菜根是否百事可做，我不能确说，但是我觉得这是颇有意义的：第一可以食贫，第二可以习苦。而实在却也有清淡的滋味，并没有蕺这样难吃，胆这样难尝。这个年头儿，人们似乎应该学得略略吃得起苦才好。中国的青年有些太娇养了，大抵连冷东西都不会吃，水果、冰激凌除外，我真替他们忧虑，将来如何上得前敌，至于那粉泽不去手，和穿红里子的夹袍的，更不必说了。其实我也并不激烈地想禁止跳舞或抽白面，我知道在乱世的生活中耽溺亦是其一，不满于现世社会制度而无从反抗，往往沉浸于醇酒、妇人以解忧闷，与中山饿夫殊途而同归，后之人略迹原心，也不敢加以菲薄，不过这也只是近于豪杰之徒才可以，绝不是我们凡人所得以援引的而已。——喔，似乎离本题太远了，还是就此打住，有话改天换了题目再谈罢。

二十年十月二十六日，于北平

水里的东西——草木虫鱼之五

我是在水乡生长的，所以对于水未免有点情分。学者们说，人类曾经做过水族，小儿喜欢弄水，便是这个缘故。我的原因大约没有这样远，恐怕这只是一种习惯罢了。

水，有什么可爱呢？这件事是说来话长，而且我也有点儿说不上来。我现在所想说的，单是水里的东西。水里有鱼、虾、螺蛳、茭白、菱角，都是值得记忆的，只是没有这些工夫来一一记录下来，经了好几天的考虑，决心将动植物暂且除外。——那么，是不是想来谈水底里的矿物类么？不，决不。我所想说的，连我自己也不明白它是哪一类，也不知道它究竟是死的还是活的，它是这么一种奇怪的东西。

我们乡间称它作 Ghosychiu，写出字来就是“河水鬼”。它是溺死的人的鬼魂。既然是五伤之一——五伤大约是水、火、刀、绳、毒罢，但我记得又有虎伤似乎在内，有点弄不清楚了，总之水死是其一，这是无可疑的，所以它照例应“讨替代”。听说吊死鬼时常骗人从圆窗伸出头去，看外面的美景（还是美人？），倘若这人该死，头一伸时可就上了当，再也缩不回来了。河水鬼的法门也就差不多是这一类，它每幻化为种种物件，浮在岸边，人如伸手想去捞取，便会被拉下去，虽然看来似乎是他自己钻下去的。假如吊死鬼是以色迷，那么河水鬼可以说是以利诱了。它平常喜欢变什么东西，我没有打听清楚，我所记得的只是说变“花棒槌”，这是一种玩具，我在儿时听见所以特别留意，至于所以变这玩具的用意，或者是专以引诱小儿亦未可知。但有时候它也用武力，往往有乡人游泳，忽然沉了下去，这些人都是像虾蟆一样地“识水”的，论理绝不会失足，所以这显然是河水鬼的勾当，只有外道才相信是由于什么脚筋拘挛或心脏麻痹之故。

照例，死于非命的应该超度，大约总是念经拜忏之类，最好自然是“翻九楼”，不过翻的人如不高妙，从七七四十九张桌子上跌了下来的时候，那便别样地死于非命，又非另行超度不可了。翻九楼或拜忏之后，鬼魂理应已经得度，不必再讨替代了，但为防万一危险计，在出事地点再立一石幢，上面刻南无阿弥陀佛六字，或者也有刻别的文句的罢，我却记不起来了。在乡下走路，突然遇见这样的石幢，不是一件很愉快的事，特别是在傍晚，独自走到渡头，正要下四方的渡船亲自拉船索渡过去的时候。

话虽如此，此时也只是毛骨略略有点耸然，对于河水鬼却压根儿没有什么怕，而且还简直有点儿可以说是亲近之感。水乡的住民对于别的死或者一样地怕，但是淹死似乎是例外，实在怕也怕不得许多，俗语云:“瓦罐不离井上破，将军难免阵前亡。”如住水乡而怕水，那么只好搬到山上去，虽然那里又有别的东西等着——老虎，马熊。我在大风暴中渡过几回大树港，坐在二尺宽的小船内，在白鹅似的浪上乱滚，转眼就可以沉到底去，可是像烈士那样从容地坐着，实在觉得比大元帅时代在北京还要不感到恐怖。还有一层，河水鬼的样子也很有点爱娇。普通的鬼保存它死时的形状，譬如虎伤鬼之一定大声喊

“阿唷”，被杀者之必用一只手提了它自己的六斤四两的头之类，唯独河水鬼则不然，无论老的，小的，村的，俊的，一掉到水里去，就都变成一个样子，据说是身体矮小，很像是一个小孩子，平常三五成群，在岸上柳树下“顿铜钱”，正如街头的野孩子一样，一被惊动便跳下水去，有如一群青蛙，只有这个不同，青蛙跳时“不东”地有水响，有波纹，它们没有。为什么老年的河水鬼也喜欢摊钱之戏呢？这个，乡下懂事的老辈没有说明给我听过，我也没有本领自己去找到说明。

我在这里，便联想到了在日本的它的同类。在那边称作“河童”，读如Kappa，说是Kawawappa之略，意思即是“川童”二字，仿佛芥川龙之介有过这样名字的一部小说，中国有人译为“河伯”，似乎不大妥帖。这与河水鬼有一个极大的不同，因为河童是一种生物，近于人鱼或海和尚。它与河水鬼相同，要拉人下水，但也喜欢拉马，喜欢和人角力。它的形状大概如猿猴，色青黑，手足如鸭掌，头顶下凹如碟子，碟中有水时其力无敌，水涸则软弱无力，顶际有毛发一圈，状如前刘海。日本儿童有蓄此种发者，至今称作“河童发”云。柳田国男在《山岛民谭集》（1914）中有一篇《河童驹引》的研究；冈田建文的《动物界灵异志》（1927）第三章也是讲河童的，他相信河童是实有的动物，引《幽明录》云：

水蝹一名蝹童，一名水精，裸形人身，长三五升，大小不一，眼耳鼻舌唇皆具，头上戴一盆，受水三五尺，只得水勇猛，失水则无勇力。

以为就是日本的河童。关于这个问题，我们无从考证，但想到河水鬼特别不像别的鬼的形状，却一律地状如小儿，仿佛也另有意义，即使与日本河童的迷信没有什么关系，或者也有水中怪物的分子混在里边，未必纯粹是关于鬼的迷信了罢。

十八世纪的人写文章，末后常加上一个尾巴，说明寓意，现在觉得也有这个必要，所以添写几句在这里。人家要怀疑，即使如何有闲，何至于谈到河水鬼去呢？是的，河水鬼大可不谈，但是河水鬼的信仰以及有这信仰的人却是值得注意的。我们平常只会梦想，所见的或是天堂，或是地狱，但总不大愿意来望一望这凡俗的人世，看这上边有些什么人，是怎么想。社会人类学与民俗学是这一角落的明灯，不过在中国自然还不发达，也还不知道将来会不会发达。我愿意使河水鬼来做个先锋，引起大家对于这方面的调查与研究之兴趣。我想，恐怕喜欢顿铜钱的小鬼没有这样力量，我自己又不能做研究考证的文章，使写了这样一篇闲话，要想去抛砖引玉实在有点惭愧。但总之关于这方面是“伫候明教”。

十九年五月

案山子——草木虫鱼之六

前几天在市场买了一本《新月》，读完罗隆基先生的论文之后，再读《四十自述》，这是《在上海》的下半篇，胡适之先生讲他自己作诗文的经验，觉得很有趣味。其中特别是这一节：

> 我记得我们试译 Thomas Campbell 的 Soldier's Dream 一篇诗，中有 scarecrow 一个字，我们大家想了几天，想不出一个典雅的译法。

这个 scarecrow 不知道和我有什么情分，总觉得他是怪好玩的东西，引起我的注意。我查下页胡先生的译诗，第五六两句云："枕戈藉草亦蘧然，时见刍人影摇曳。"末后附注云："刍人原作刍灵，今年改。"案，《礼记·檀弓下》郑氏注云："刍灵，束茅为人马，谓之灵者神之类。"可见得不是田家的东西，叫他作刍人，正如叶圣陶先生的《稻草人》，自然要好一点了。但是要找一个准确的译语，却实在不容易，所谓《华英字典》之流不必说了，手头也一册都没有，所以恕不查考，严几道的《英文汉诂》在一九〇四年出版，是同类中最典雅、最有见识的一本书，二十七八年来，我这意见还是一致。记得在"制字"篇中曾有译语，拿出来一翻，果然在第一百十节中有这一行云：

"Scarecrow，吓鸦，草人用于田间以逐鸟雀者。"这个吓鸦的名称我清清楚楚地记在心里，今天翻了出来，大有旧雨重逢的快乐，这明白地是意译，依照"惊闺"等的例，可以算作一个很好的物名，可是，连他老人家也只能如此对付，更可见我们在"刍人""草人"之外想去找更典雅的译名之全无希望了。

日本语中有"案山子"这个名称，读作加贺之（Kagashi），即是吓鸦。

寺岛安良编《和汉三才图会》卷三十五"农具部"中有这一条，其文云：

> 《艺文类聚》，古者人民质朴，死则裹以白茅，投之中野，孝子不忍父母为禽兽所食，则作弹以守之，绝鸟兽之害。
>
> 案：弹，俗云案山子，今田圃中使草偶持弓，以防鸟雀也。备中国汤川寺玄宾僧都晦迹于民家之奴，入田护稻，以惊鸟雀为务，至今惧鸟雀刍灵称之僧都。

上文所引《艺文类聚》原语多误，今依原书及《吴越春秋》改正。陈音对越王说，"弩生于弓，弓生于弹"，大约是对的，但是说弹起古之孝子，我颇有点怀疑，弹应该起于投石，是养生而不是送死的事吧。

《说文解字》第八篇云：

> 弔，问终也，从人弓，古之葬者厚衣之以薪，故人持弓会驱禽也。

《急就章》第二十五云：

丧弔悲哀面目肿。

颜氏注：

弔，谓问终者也，于字人持弓为弔，上古葬者衣之以薪，无有棺椁，常苦禽鸟为害，故弔问者持弓会之，以助弹射也。

先有弓矢而后持弓弔丧助驱禽鸟，这比弹说似近于事实，虽然古代生活我们还未能怎么知道。或者再用刍灵代人持弓，设在墓地，后来移用田间，均属可能，不过都是推测渺茫之词，有点无征不信，而且我们谈吓鸦也不必苦苦研求他的谱系，所以就此搁起似乎也没有什么妨碍。

日本语加贺之的语源解释不一，近来却似乎倾向于《俚言集览》之旧说，云起于以串央烧灼的兽肉，使闻臭气，以惊鸟兽也，故原语的意思可解作“使嗅”。川口孙治郎在所著《飞驒之鸟》中卷论案山子的地方说，飞驒南部尚有此俗，田间植竹片，上缠毛发，涂猪油，烧使发臭气，以避野兽。早川孝太郎编《野猪与鹿与狸》中讲三河设乐郡村人驱野猪的方法，其一即是烟熏：

用破布为心，上包稻草，做成长的草苞模样，一头点火，挂竹竿尖上，插于田边。有极小者，夏天割草的女人挂在腰边，可避蚊虻，野猪闻布片焦臭气味亦不敢近也。

书中并图其形，与草人亦相去不远。二书皆近年新刊，为“乡土研究社丛书”之一，故所说翔实可信，早川氏之文尤可喜。

至于“案山子”三字全系汉文，日本不过借用，与那“使他嗅”是毫无关系的。这是怎么来的呢？

《飞骅之鸟》中卷云：

《嬉游笑览》云，惊鸟的加贺之，或写作案山子，是盖由于山寺禅僧之戏书罢。但是还不能确定，到了《梅园日记》，才说得稍详，今试引其大要于下。

据《随斋谐话》，惊鸟偶人写作案山子。友人芝山曰：在《传灯录》《普灯录》《历代高僧录》等书中均有面前案山子之语。注曰：民俗刈草作人形，令置山田之上，防禽兽，名曰案山子。又《五灯会元》，五祖师戒禅师章有“主山高，案山低”，“主山高崄崄，案山翠青青”等语。案主山高，意为山之主，案山低，意当为上平如几案。低山之间必开田畴事耕种，惊鸟草人亦立于案山之侧，故山僧戏呼为案山子，后遂成为通称欤。

上文征引层次不甚清，又虑有阙误，今姑仍之，只一查《景德传灯录》，在第十七卷“洪州云居山道膺禅师”条下有这一节：

问孤迥且巍巍时如何。师曰：“孤迥且巍巍。”僧曰：“不会。”师言："面前案山子也不会。"

注不知是哪里的，我查不出，主山案山到底怎么讲，我此刻也还不大明白。但是在第二十七卷找到了拾得大士的一件逸事，虽然没有说案山子，觉得仿佛有点儿关联：

有护伽蓝神庙，每日僧厨下食为乌所食，拾得以杖抶之曰："汝食不能护，安能护伽蓝乎？"此夕神附梦于合寺僧曰："拾得打我。"

把金刚当作案山子，因为乌鸦吃了僧厨下食，被和尚打得叫苦不迭，这里边如没有什么世间味，也总可以说有些禅味的吧。

中国诗文讲到案山子似乎很少，我是孤陋寡闻，真一句都想不出来，还是在《飞弹之鸟》里见到一首七绝，说是宋人所作，其词曰：

小雨初晴岁事新，一犁江上趁初春。
豆畦种罢无人守，缚得黄茅更似人。

在日本文学里，案山子时常出现，他有时来比落拓无能的人物，有时是用他的本色，这在俳句中尤为普通，今举两三句来作例，虽然这种诗是特别不能译的，译了之后便不成样子，看不出他原来的好处来了。

田水落了，细腰高撑的案山子呵。（芜村）

身的老衰呵，案山子的面前也觉得羞惭。（一茶）

夕阳的影，出到大路来的案山子呵。（召彼）

每回下雨，老下去的田间案山子呵。（马琴）

偷来的案山子的笠上，雨来得急了。（虚子）

末了一句是现代的诗，曾经被小泉八云所赏识，说只用了十七个拼音成一句诗，描写流浪书生的穷困，此上想加以修正恐怕是不可能的吧。临了，我想一看英国诗人怎样地歌唱我们的案山子，便去找寻胡适之先生所译的那篇《军人梦》的原诗，最初翻阅奥斯福本《英诗选》，里边没有，再看《英诗金库》，居然在第二百六十七首找到了。可是看到第六行，却大吃一惊，胡先生译作“时见刍人影摇曳”的，其原文乃是“By the wolf-scaring faggot that guarded the slain”，直译是“在那保护战死者的，吓狼的柴火旁边”，却不见案山子的踪迹。我用两种小丛书本来对比，结果是一样。因为甘倍耳先生的诗句，引起我对于案山子的兴趣，可是说了一通闲话之后，回过头来一看，穿蓑笠、持弓矢的草人，变了一堆火烟，案山子现出使他闻闻的本相来了，这又使我感到了另外一种的趣味。今天写完此文，适之想正在玩西湖罢，等他回北平来时再送给他看看去。

二十年十月十一日

关于蝙蝠——草木虫鱼之七

启无兄：

关于蝙蝠的事情我所知道的很少，未必有什么可以补充。查《和汉三才图会》卷四十二“原禽类”，引《本草纲目》等文后，按语曰：

伏翼身形色声牙爪皆似鼠而有肉翅，盖老鼠化成，故古寺院多有之。性好山椒，包椒于纸抛之，则伏翼随落，竞捕之。若所啮手指则难放，急以椒与之，即脱焉。其为鸟也最卑贱者，故俚语云：无鸟之乡蝙蝠为上。

案：日本俗语“无鸟的乡村的蝙蝠”，意思就是矮子队里的长子。

蝙蝠喜欢花椒，这种传说至今存在，如东京儿歌云：

蝙蝠，蝙蝠，
给你山椒吧，
柳树底下给你水喝吧。
蝙蝠，蝙蝠，
山椒的儿，

柳树底下给你醋喝吧。

北原白秋在《日本的童谣》中说：

我们做儿童的时候，吃过晚饭就到外边去，叫蝙蝠或是追蝙蝠玩。我的家是酒坊，酒仓左近常有蝙蝠飞翔。而且蝙蝠喜欢喝酒，我们捉到蝙蝠，把酒倒在碟子里，拉住它的翅膀，伏在里边给它酒喝。蝙蝠就红了脸，醉了，或者老鼠似的吱吱地叫了。

日向地方的童谣云：

酒坊的蝙蝠，给你酒喝吧。
喝烧酒么，喝清酒么？
再下一点来再给你喝吧。

有些儿童请它吃糟喝醋，也都是这个意思的变换。不过这未必全是好意，如长野的童谣便很明白，即是想脱一只鞋向空抛去也。其词曰：

蝙蝠，来，快来！
给你草鞋，快来！

雪如女士编《北平歌谣集》一〇三首云：

檐蝙蝠，穿花鞋，

你是奶奶我是爷。

这似乎是幼稚的恋爱歌，虽然还是说的花鞋。

蝙蝠的名誉我不知道是否系为希腊老奴伊索所弄坏，中国向来似乎不大看轻它的。它是暮景的一个重要的配色，日本《俳句辞典》中说：

无论在都会或乡村，薄暮的景色与蝙蝠都相调和，但热闹杂沓的地方其调和之度较薄。大路不如行人稀少的小路，都市不如寂静的小城，更密切地适合。看蝙蝠时的心情，也要仿佛感着一种萧寂的微淡的哀愁那种心情才好。从满腔快乐的人看去，只是皮相的观察，觉得蝙蝠在暮色中飞翔罢了，并没有什么深意，若是带了什么败残之憾或历史的悲愁那种情调来看，便自然有别种的意趣浮起来了。

这虽是《诗韵含英》似的解说，却也颇得要领。小时候读唐诗（韩退之的诗么？），有两句云："山石荦确行径微，黄昏到寺蝙蝠飞。"至今还觉得有趣味。会稽山下的大禹庙里，在禹王耳朵里做窠的许多蝙蝠，白昼也"吱吱"地乱叫，因为我们到庙时不在晚间，所以总未见过这样的情景。日本俳句中有好些咏蝙蝠的佳作，举其一二：

蝙蝠呀，

屋顶草长——

圆觉寺。——亿兆子作。

蝙蝠呀，
人贩子的船
靠近了岸。——水乃家作。

土牢呀，
卫士所烧的火上的
食蚊鸟。——芋村作。

Kakuidori，吃蚊子鸟，即是蝙蝠的别名。

格来亨的《杨柳风》里没有说到蝙蝠，他所讲的只是土拨鼠、水老鼠、獾、獭和癞蛤蟆。但是我见过一本《蝙蝠的生活》，很有文学的趣味，是法国 Charles Derennes 所著，Willcox 女士于一九二四年译成英文，我所见的便是这一种译本。

十九年七月二十三日，岂明

北平的春天

北平的春天似乎已经开始了，虽然我还不大觉得。立春已过了十天，现在是七九六十三的起头了，布衲摊在两肩，穷人该有欣欣向荣之意。

光绪甲辰，即一九〇四年小除那时，我在江南水师学堂曾作一诗云：

一年倏就除，风物何凄紧。
百岁良悠悠，白日催人尽。
既不为大椿，便应如朝菌。
一死息群生，何处问灵蠢。

但是第二天除夕，我又作了这样一首云：

东风三月烟花好，凉意千山云树幽。
冬最无情今归去，明朝又得及春游。

这诗是一样的不成东西，不过可以表示我总是很爱春天的。春天有什么好呢？要讲它的力量及其道德的意义，最好去查盲诗人爱罗先珂的抒情诗的演说。那篇世界语原稿是由我笔录，译本也是我写的，所以约略都还记得，但是这里誊录自然也更可不必了。春天的是官能的美，是要去直接领略的，关门歌颂一无是处，所以这里抽象的话暂且割爱。

且说我自己的关于春的经验，都是与游有相关的。古人虽说以鸟鸣春，但我觉得还是在别方面更感到春的印象，即是水与花木。迂阔地说一句，或者这正是活物的根本的缘故罢。小时候，在春天总有些出游的机会，扫墓与香市是主要的两件事，而通行只有水路，所在又多是山上野外，那么这水与花木自然就不会缺少的。

香市是公众的行事，禹庙南镇香炉峰为其代表。扫墓是私家的，会稽的乌石头调马场等地方至今在我的记忆中还是一种代表的春景。庚子年三月十六日的日记云：

晨坐船出东郭门，挽纤行十里，至绕门山，今称东湖，为陶心云先生所创修，堤计长二百丈，皆植千叶桃垂柳及女贞子各树，游人颇多。又三十里至富盛埠，乘兜桥过市行三里许，越岭，约千余级。山中映山红、牛郎花甚多，又有蕉藤数株，着花蔚蓝色，状如豆花，结实即刀豆也，可入药。路皆竹林，竹萌之出土者粗于碗口而长仅二三寸，颇为可观。忽闻有声如鸡鸣，阁阁然，山谷皆响，问之轿夫，云系雉鸡叫也。又二里许，过一溪，阔数丈，水没及骭，舁者乱流而渡，水中圆石颗颗，大如鹅卵，整洁可喜。行一二里至墓所，松柏夹道，颇称闳壮。方祭时，小雨簌簌落衣袂间，幸即晴霁。下山午餐，下午开船。将进城门，忽天色如墨，雷电并作，大雨倾注，至家不息。

旧事重提，本来没有多大意思，这里只是举个例子，说明我春游的观念而已。我们本是水乡的居民，平常对于水不觉得怎么新奇，要去临流赏玩一番，可是生平与水太相习了，自有一种情分，仿佛觉得生活的美与悦乐之背景里都有水在，由水而生的草木次之，禽虫又次之。我非不喜禽虫，但它总离不了草木，不但是吃食，也实是必要的寄托，盖即使以鸟鸣春，这鸣也得在枝头或草原上才好，若是雕笼金锁，无论怎样地鸣得起劲，总使人听了索然兴尽也。

话休烦絮。到底北京的春天怎么样了呢？老实说，我住在北京和北平已将二十年，不可谓不久矣，对于春游却并无什么经验。妙峰山虽热闹，尚无暇瞻仰，清明郊游只有野哭可听耳。北平缺少水气，使春光减了成色，而气候变化稍剧，春天似不曾独立存在，如不算他是夏的头，亦不妨称为冬的尾，总之风和日暖让我们着了单袷可以随意倘佯的时候是极少，刚觉得不冷就要热了起来了。不过这春的季候自然还是有的。第一，冬之后明明是春，且不说节气上的立春也已过了。第二，生物的发生当然是春的证据，牛山和尚诗云，春叫猫儿猫叫春，是也。人在春天却只是懒散，雅人称曰春困，这似乎是别一种表示。所以北平到底还是有它的春天，不过太慌张一点了，又欠腴润一点，叫人有时来不及尝它的味儿，有时尝了觉得稍枯燥了，虽然名字还叫作春天，但是实在就把它当作冬的尾，要不然便是夏的头，反正这两者在表面上虽差得远，实际上对于不大承认它是春天原是一样的。

我倒还是爱北平的冬天。春天总是故乡的有意思，虽然这是三四十年前的事，现在怎么样我不知道。至于冬天，就是三四十年前的故乡的冬天，我也不喜欢：那些手脚生冻瘃，半夜里醒过来像是悬空挂着似的，上下四旁都是冷气的感觉，很不好受，在北平的纸糊过的屋子里就不会有的。在屋里不苦寒，冬天便有一种好处，可以让人家做事，手不僵冻，不必炙砚呵笔，于我们写文章的人大有利益。北平虽几乎没有春天，我并无什么不满意，盖吾以冬读代春游之乐久矣。

廿五年二月十四日

苏州的回忆

说是回忆，仿佛是与苏州有很深的关系，至少也总住过十年以上的样子，可是事实上却并不然。民国七八年间，坐火车走过苏州，共有四次，都不曾下车，所看见的，只是车站内的情形而已。去年四月，因事经南京，始得顺便至苏州一游，也只有两天的停留，没有走到多少地方，所以见闻很是有限。当时《江苏日报》社有郭梦鸥先生以外几位陪着我们走，在那两天的报上，随时都有很好的报道，后来郭先生又有一篇文章，登在第三期的《风雨谈》上，此外实在觉得更没有什么可以纪录的了。但是，从北京远迢迢地往苏州走一趟，现在也不是容易事。其时，又承本地各位先生恳切招待，别转头来走开之后，再不打一声招呼，似乎也有点对不起。现在事已隔年，印象与感想都渐就着落，虽然比较地简单化了，却也可以稍得要领，记一点出来，聊以表示对于苏州的恭敬之意，至于旅人的话，谬误难免，这是要请大家见恕的了。

我旅行过的地方很少，有些只根据书上的图像，总之我看见各地方的市街与房屋，常引起一个联想，觉得东方的世界是整个的。譬如中国、日本、朝鲜、琉球，各地方的家屋，单就照片上看也罢，便会确凿地感到这里是整个的东亚。我们再看乌鲁木齐、宁古塔、昆明各地方，又同样地感觉这里的中国也是整个的。可是在这整个之中别有其微妙的变化与推移，看起来亦是很有趣味的事。以前我从北京回绍兴去，浦口下车，渡过长江，就的确觉得已经到了南边，及车抵苏州站，看见月台上、车厢里的人物声色，便又仿佛已入故乡境内，虽然实在还有五六百里的距离。现在通称江浙，有如古时所谓吴越或吴会，本来就是一家。

杜荀鹤有几首诗写得很好，其一《送人游吴》云：

君到姑苏见，人家尽枕河。
古宫闲地少，水港小桥多。
夜市卖菱藕，春船载绮罗。
遥知未眠月，乡思在渔歌。

又一首《送友游吴越》云：

去越从吴过，吴疆与越连。
有园多种橘，无水不生莲。
夜市桥边火，春风寺外船。
此中偏重客，君去必经年。

诗固然作得好，所写事情也正确实，能写出两地相同的情景。我到苏州第一感觉的，也是这一点，其实即是证实我原有的漠然的印象罢了。我们下车后，就被招待游灵岩去，先到木渎，在石家饭店吃过中饭。从车站到灵岩，第二天又出城到虎丘，这都是路上风景好，比目的地还有意思，正与游兰亭的人是同一经验。我特别感觉有趣味的，乃是在木渎下了汽车，走过两条街往石家饭店去时，看见那里的小河、小船、石桥、两岸枕河的人家，觉得和绍兴一样，这是江南的寻常景色，在我江东的人看了，也同样的亲近，恍如身在故乡了。又在小街上见到一爿糕店，这在家乡极是平常，但北方绝无这些糕类，好些年前曾在《卖糖》这一篇小文中附带说及，很表现出一种乡愁来，现在却忽然遇见，怎能不感到喜悦呢。只可惜匆匆走过，未及细看这柜台上蒸笼里所放着的是什么糕点，自然更不能够买了来尝了。不过就只是这样看了一眼走过了，也已很是愉快，后来不久在城里几处地方，虽然不是这店里所做，好的糕饼也吃到好些，可以算是满意了。

第二天往马医科巷，据说这地名本来是蚂蚁窠巷，后为转讹，并不真是有过马医、牛医住在那里。去拜访俞曲园先生的春在堂。南方式的厅堂结构原与北方不同，我在曲园前面的堂屋里徘徊良久之后，再往南去看俞先生著书的两间小屋，那时所见这些过廊、侧门、天井种种，都恍惚是曾经见过似的，又流连了一会儿。我对同行的友人说："平伯有这样好的老屋在此，何必留滞北方，我回去应当劝他南归才对。"说的虽是半玩半笑的话，我的意思却是完全诚实的，只是没有为平伯打算罢了。那所大房子，就是不加修理，只说点灯，装电灯固然了不得，石油没有，植物油又太贵，都无办法，故即欲为点一盏读书灯计，亦自只好仍旧蛰居于北京之古槐书屋矣。我又去拜谒章太炎先生墓，这是在锦帆路章宅的后园里，情形如郭先生文中所记，兹不重述。章宅现由省政府宣传处明处长借住，我们进去稍坐，是一座洋式的楼房，后边讲学的地方云为外国人所占用，尚未能收回，因此我们也不能进去一看，殊属遗憾。俞、章两先生是清末民初的国学大师，却都别有一种特色，俞先生以经师而留心轻文学，为新文学运动之先河；章先生以儒家而兼治佛学，倡导革命，又承先启后，对于中国之学术与政治的改革至有影响，但是至晚年却又不约而同地定住苏州，这可以说是非偶然的偶然，我觉得这里很有意义，也很有意思。俞、章两先生是浙西人，对于吴地很有情分，也可以算是一小部分的理由，但其重要的原因还当别有所在。由我看去，南京、上海、杭州，均各有其价值与历史，唯若欲求多有文化的空气与环境者，大约无过苏州了吧。两先生的意思或者看重这一点，也未可定。现在南京有中央大学，杭州也有浙江大学了，我以为在苏州应当有一个江苏大学，顺应其环境与空气，特别向人文科学方面发展，完成两先生之弘业大愿，为东南文化确立其根基，此亦正是丧乱中之一切要事也。

在苏州的两个早晨过得很好，都有好东西吃，虽然这说得似乎有点俗，但是事实如此，而且谈起苏州，假如不讲到这一点，我想终不免是一个罅漏。若问好东西是什么，其实我是乡下粗人，只知道是糕饼点心，到口便吞，并不曾细问种种的名号。我可记得乱吃得很不少，当初《江苏日报》或是郭先生的大文里仿佛有着记录。我常这样想，一国的历史与文化传得久远了，在生活上总会留下一点痕迹，或是华丽，或是清淡，却无不是精炼的，这并不想要夸耀什么，却是自然应有的表现。我初来北京的时候，因为没有什么好点心，曾经发过牢骚，并非真是这样贪吃，实在也只为觉得它太寒伧，枉做了五百年首都，连一些细点心都做不出，未免丢人罢了。我们第一早晨在吴苑，次日在新亚，所吃的点心都很好，是我在北京所不曾遇见过的，后来又托朋友在采芝斋买些干点心，预备带回去给小孩辈吃，物事不必珍贵，但也很是精炼的，这尽够使我满意而且佩服，即此亦可见苏州生活文化之一斑了。这里，我特别感觉有趣味的，乃是吴苑茶社所见的情形。茶食精洁，布置简易，没有洋派气味，固已很好，而吃茶的人那么多，有的像是祖母老太太，带领家人妇子，围着方桌，悠悠地享用，看了很有意思。性急的人要说，在战时这种态度行么？我想，此刻现在，这里的人这么做，是并没有什么错的。大抵中国人多受孟子思想的影响，他的态度不会得一时急变，若是因战时而面粉、白糖渐渐不见了，被迫得没有点心吃，出于被动的事那是可能的。总之在苏州，至少是那时候，见了物资充裕，生活安适，由我们看惯了北方困穷的情形的人看去，实在是值得称赞与羡慕。我在苏州感觉得不很适意的也有一件事，这便是住处。据说苏州旅馆绝不容易找，我们承公家的斡旋得能在乐乡饭店住下，已经大可感谢了，可是老实说，实在不大高明。设备如何都没有关系，就只苦于太热闹，那时我听见打牌声，幸而并不在贴夹壁，更幸而没有拉胡琴唱曲的，否则次日往虎丘去时，马车也将坐不稳了。就是像沧浪亭的旧房子也好，打扫几间，让不爱热闹的人可以借住，一面也省得去占忙的房间，妨碍人家的娱乐，倒正是一举两得的事吧。

在苏州只住了两天，离开苏州已将一年了，但是有些事情还清楚地记得，现在写出来几项以为纪念，希望将来还有机缘再去，或者长住些时光，对于吴语文学的发源地更加以观察与认识也。

民国甲申三月八日

南北的点心

中国地大物博，风俗与土产随地各有不同，因为一直缺少人纪录，有许多值得也是应该知道的事物，我们至今不能知道清楚，特别是关于衣食住的事项。我这里只就点心这个题目，依据浅陋所知，来说几句话，希望抛砖引玉，有旅行既广，游历又多的同志们，从各方面来报道出来，对于爱乡爱国的教育，或者也不无小补吧。

我是浙江东部人，可是在北京住了将近四十年，因此南腔北调，对于南北情形都知道一点，却没有深厚的了解。据我的观察来说，中国南北两路的点心，根本性质上有一个很大的区别。简单地下一句断语，北方的点心是常食的性质，南方的则是闲食。我们只看北京人家做饺子、馄饨、面总是十分茁实，馅绝不考究；面用芝麻酱拌，最好也只是炸酱；馒头全是实心。本来是代饭用的，只要吃饱就好，所以并不求精。若是回过来走到东安市场，往五芳斋去叫了来吃，尽管是同样名称，做法便大不一样，别说蟹黄包干，鸡肉馄饨，就是一碗三鲜汤面，也是精细鲜美的。可是有一层，这绝不可能吃饱当饭，一则因为价钱比较贵，二则昔时无此习惯。抗战以后，上海也有阳春面，可以当饭了，但那是新时代的产物，在老辈看来，是不大可以为训的。我母亲如果在世，已有一百岁了，她生前便是绝对不承认点心可以当饭的，有时生点小毛病，不喜吃大米饭，随叫家里做点馄饨或面来充饥，即使一天里仍然吃过三回，她却总说今天胃口不开，因为吃不下饭去，因此可以证明那馄饨和面都不能算是饭。这种论断，虽然有点儿近于武断，但也可以说是有客观的佐证，因为南方的点心是闲食，做法也是趋于精细鲜美，不取茁实一路的。上文五芳斋固然是很好的例子，我还可以再举出南方做烙饼的方法来，更为具体，也有意思。我们故乡是在钱塘江的东岸，那里不常吃面食，可是有烙饼这物事。这里要注意的是，烙不读作“老”字音，乃是“洛”字入声，又名为山东饼，这证明原来是模仿大饼而做的，但是烙法却大不相同了。乡间卖馄饨、面和馒头都分别有专门的店铺，唯独这烙饼只有摊，而且也不是每天都有，这要等待哪里有社戏，才有几个摆在戏台附近，供看戏的人买吃，价格是每个制钱三文，计油条价二文，葱酱和饼只要一文罢了。做法是先将原本两折的油条扯开，改作三折，在熬盘上烤焦，同时在预先做好的直径约二寸，厚约一分的圆饼上，满搽红酱和辣酱，撒上葱花，卷在油条外面，再烤一下，就做成了。它的特色是油条加葱酱烤过，香辣好吃，那所谓饼只是包裹油条的东西，乃是客而非主，拿来与北方原来的大饼相比，厚大如茶盘，卷上黄酱与大葱，大嚼一张，可供一饱，这里便显出很大的不同来了。

上边所说的点心偏于面食一方面，这在北方本来不算是闲食吧。此外，还有一类干点心，北京称为饽饽，这才当作闲食，大概与南方并无什么差别。但是这里也有一点不同，据我的考察，北方的点心历史古，南方的历史新，古者可能还有唐宋遗制，新的只是明朝中叶吧。点心铺招牌上有常用的两句话，我想借来用在这里，似乎也还适当，北方可以称为“官礼茶食”，南方则是“嘉湖细点”。

我们这里且来做一点烦琐的考证，可以多少明白这时代的先后。

查清顾张思的《土风录》卷六，“点心”条下云：

> 小食曰点心，见吴曾《漫录》。唐郑傪为江淮留后，家人备夫人晨馔，夫人谓其弟曰：“治妆未毕，我未及餐，尔且可点心。”俄而女仆请备夫人点心，傪诟曰：“适已点心，今何得又请！”

由此可知，点心古时即是晨馔。同书又引周辉《北辕录》云：

> 洗漱冠栉毕，点心已至。

后文说明点心中馒头、馄饨、包子等，可知是说的水点心，在唐朝已有此名了。

茶食一名，据《土风录》云：

> 干点心曰茶食，见宇文懋《昭金志》：“婿先期拜门，以酒馔往，酒三行，进大软脂小软脂，如中国寒具，又进蜜糕，人各一盘，曰茶食。”《北辕录》云：“金国宴南使，未行酒，先设茶筵，进茶一盏，谓之茶食。”

茶食是喝茶时所吃的，与小食不同，大软脂，大抵有如蜜麻花，蜜糕则明系蜜饯之类了。从文献上看来，点心与茶食两者原有区别，性质也就不同，但是后来早已混同了。本文中也就混用，那招牌上的话也只是利用现代文句，茶食与细点作同义语看，用不着再分析了。

我初到北京来的时候，随便在饽饽铺买点东西吃，觉得不大满意，曾经埋怨过这个古都市，积聚了千年以上的文化历史，怎么没有做出些好吃的点心来。老实说，北京的大八件、小八件，尽管名称不同，吃起来不免单调，正和五芳斋的前例一样，东安市场内的稻香村所做南式茶食，并不齐备，但比起来也显得花样要多些了。过去时代，皇帝向在京里，他的享受当然是很豪华的，却也并不曾创造出什么来，北海公园内旧有“仿膳”，是前清御膳房的做法，所做小点心，看来也是平常，只是做得小巧一点而已。南方茶食中有些东西，是小时候熟悉的，在北京都没有，也就感觉不满足，例如糖类的酥糖、麻片糖、寸金糖，片类的云片糕、椒桃片、松仁片，软糕类的松子糕、枣子糕、蜜仁糕、桔红糕等。此外有缠类，如松仁缠、核桃缠，乃是在干果上包糖，算是上品茶食，其实倒并不怎么好吃。

南北点心粗细不同，我早已注意到了，但这是怎么一个系统，为什么有这差异？那我也没有法子去查考，因为孤陋寡闻，而且关于点心的文献，实在也不知道有什么书籍。但是事有凑巧，不记得是哪一年，或者什么原因了，总之见到几件北京的旧式点心，平常不大碰见，样式有点别致的，这使我忽然大悟，心想这岂不是在故乡见惯的“官礼茶食”么？故乡旧式结婚后，照例要给亲戚本家分“喜果”，一种是干果，即核桃、枣子、松子、榛子，讲究的加荔枝、桂圆。又一种是干点心，记不清它的名字。查范寅《越谚·饮食门》下，记有金枣和珑缠豆两种，此外我还记得有佛手酥、菊花酥和蛋黄酥等三种。

这种东西，平时不易销，店铺里也不常备，要结婚人家订购才有，样子虽然不差，但材料不大考究，即使是可以吃的佛手酥，也总不及红绫饼或梁湖月饼，所以喜果送来，只供小孩们胡乱吃一阵，大人是不去染指的。可是这类喜果却大抵与北京的一样，而且结婚时节非得使用不可。云片糕等虽是比较要好，却是绝不使用的。这是什么理由？这一类点心是中国旧有的，历代相承，使用于结婚仪式。一方面时势转变，点心上发生了新品种，然而一切仪式都是守旧的，不轻易容许改变，因此即使是送人的喜果，也有一定的规矩，要定做现今市上不通行了的物品来使用。同是一类茶食，在甲地尚在通行，在乙地已出了新的品种，只留着用于“官礼”，这便是南北点心情形不同的原因了。

上文只说得“官礼茶食”，是旧式的点心，至今流传于北方。至于南方点心的来源，那还得另行说明。“嘉湖细点”这四个字，本是招牌和仿单上的口头禅，现在正好借用过来，说明细点的来源。因为据我的了解，那时期当为前明中叶，而地点则是东吴西浙，嘉兴、湖州正是代表地方。我没有文书上的资料，来证明那时吴中饮食丰盛奢华的情形，但以近代苏州饮食风靡南方的事情来作比，这里有点类似。明朝自永乐以来，政府虽是设在北京，但文化中心一直还是在江南一带。那里官绅富豪生活奢侈，茶食一类也就发达起来。就是水点心，在北方作为常食的，也改做得特别精美，成为以赏味为目的的闲食了。这南北两样的区别，在点心上存在得很久，这里固然有风俗习惯的关系，一时不易改变，但在“百花齐放”的今日，这至少该得有一种进展了吧。其实这区别不在于质而只是量的问题，换一句话即是做法的一点不同而已。我们前面说过，家庭的鸡蛋炸酱面与五芳斋的三鲜汤面，固然是一例。此外则有大块粗制的窝窝头，与“仿膳”的一碟十个的小窝窝头，也正是一样的变化。北京市上有一种爱窝窝，以江米煮饭捣烂（即是糍粑）为皮，中裹糖馅，如元宵大小。李光庭在《乡言解颐》中说明它的起源云：“相传明世中宫有嗜之者，因名曰御爱窝窝，今但曰爱而已。”这里便是一个例证，在明、清两朝里，窝窝头一件食品，便发生了两个变化了。本来常食闲食，都有一定习惯，不易轻轻更变，在各处都一样是闲食的干点心则无妨改良一点做法，做得比较精美，在人民生活水平日益提高的现在，这也未始不是切合实际的事情吧。国内各地方，都富有不少有特色的点心，就只因为地域所限，外边人不能知道，我希望将来不但有人多多报道，而且还同土产果品一样，陆续输到外边来，增加人民的口福。

（1956 年 7 月作）

上下身

戈丹的三个贤人，

坐在碗里去漂洋去。

他们的碗倘若牢些，

我的故事也要长些。

——英国儿歌

人的肉体明明是一整个，（虽然拿一把刀也可以把他切开来，）背后从头颈到尾闾一条脊椎，前面从胸口到“丹田”一张肚皮，中间并无可以卸拆之处，而吾乡（别处的市民听了不必多心）的贤人必强分割之为上下身——大约是以肚脐为界。上下本是方向，没有什么不对，但他们在这里又应用了大义名分的大道理，于是上下变而为尊卑、邪正、净不净之分了：上身是体面绅士，下身是“该办的”下流社会。这种说法既合于圣道，那么当然是不会错的了，只是实行起来却有点为难。不必说要想拦腰的“关老爷一大刀”分个上下，就未免断送老命，固然断乎不可。即使在该办的范围内稍加割削，最端正的道学家也绝不答应的。平常沐浴时候，（幸而在贤人们这不很多，）要备两条手巾、两只盆、两桶水，分洗两个阶级，稍一疏忽，不是连上便是犯下，紊了尊卑之序，深于德化有妨，又或坐在高凳上打盹，跌了一个倒栽葱，更是本末倒置，大非佳兆了。由我们愚人看来，这实在是无事自扰，一个身子站起、睡倒或是翻个筋斗，总是一个身子，并不如猪肉可以有里脊、五花肉等之分，定出贵贱不同的价值来。吾乡贤人之所为，虽曰合于圣道，其亦古代蛮风之遗留欤。

有些人把生活也分作片段，仅想选取其中的几节，将不中意的梢头弃去。这种办法可以称之曰抽刀断水，挥剑斩云。生活中大抵包含饮食、恋爱、生育、工作、老死这几样事情，但是联结在一起，不是可以随便选取一二的。有人希望长生不死，有人主张生存而禁欲，有人专为饮食而工作，有人又为工作而饮食，这都有点像想齐肚脐锯断，钉上一块底板，单把上半身保留起来。比较明白而过于正经的朋友，则全盘承受而分别其等级，如走路是上等而睡觉是下等，吃饭是上等而饮酒、喝茶是下等是也。我并不以为人可以终日睡觉或用茶、酒代饭吃，然而我觉得睡觉或饮酒、喝茶不是可以轻蔑的事，因为也是生活之一部分。百余年前，日本有一个艺术家是精通茶道的，有一回去旅行，每到驿站必取出茶具，悠然地点起茶来自喝。有人规劝他说："行旅中何必如此？"他答得好："行旅中难道不是生活么。"这样想的人才真能尊重并享乐他的生活。沛德（W. Pater）曾说，我们生活的目的，不是经验之果，而是经验本身。正经的人们只把一件事当作正经生活，其余的如不是不得已的坏脾气，也总是可有可无的附属物罢了：程度虽不同，这与吾乡贤人之单尊重上身（其实是，不必细说，正是相反），乃正属同一种类也。

戈丹（Gotham）地方的故事恐怕说来很长，这只是其中的一两节而已。

十四年二月

风的话

北京多风，时常想写一篇小文章讲讲它。但是一拿起笔，第一想到的便是“大块噫气”这些话，不觉索然兴尽，又只好将笔搁下。近日，北京大刮其风，不但三日两头地刮，而且一刮往往三天不停，看看妙峰山的香市将到了，照例这半个月里是不大有什么好天气的，恐怕书桌上沙泥粒屑，一天里非得擦几回不可的日子还要暂时继续，对于风不能毫无感觉，不管是好是坏，决意写了下来。说风的感想，重要的还是在南方，特别是小时候在绍兴所经历的为本，虽然觉得风颇有点可畏，却并没有什么可以嫌恶的地方。绍兴是水乡，到处是河港，交通全用船，道路铺的是石板，在二三十年前还是没有马路。因为这个缘故，绍兴的风也就有它的特色。这假如说是地理的，此外也有一点天文的关系。

绍兴在夏秋之间时常有一种龙风，这是在北京所没有见过的。时间大抵在午后，往往是很好的天气，忽然一朵乌云上来，霎时天色昏黑，风暴大作，在城里说不上飞沙走石，总之是竹木摧折，屋瓦整叠地揭去，哗喇喇地掉在地下，所谓把井吹出篱笆外的事情也不是没有。若是在外江内河，正坐在船里的人，那自然是危险了，不过撑蜑船的老大们大概多是有经验的，他们懂得占候，会看风色，能够预先防备，受害或者不很大。龙风本不是年年常有，就是发生也只是短时间，不久即过去了，记得老子说过，“飘风不终朝，骤雨不终日，孰为此者天地，天地尚不能久，而况于人乎。”这话说得很好，此本是自然的纪律，虽然应用于人类的道德也是适合。下龙风一二等的大风却是随时多有，大中船不成问题，在小船也还不免危险。我说小船，这是指所谓踏桨船，从前在《乌篷船》那篇小文中有云：

小船则真是一叶扁舟，你坐在船底席上，篷顶离你的头有两三寸，你的两手可以搁在左右的舷上，还把手掌都露出在外边。在这种船里，仿佛是在水面上坐，靠近田岸去时，便和你的眼鼻接近，而且遇着风浪，或是坐得稍不小心，就会船底朝天，发生危险，但是也颇有趣味，是水乡的一种特色。

陈昼卿《海角行吟》中，有诗题曰《脚桨船》，小注云：

船长丈许，广三尺，坐卧容一身，一人坐船尾，以足踏桨行如飞，向惟越人用以狎潮渡江，今江淮人并用之以代急足。

这里说明船的大小，可以作为补足，但还得添一句，即舟人用一桨一楫，无舵，以楫代之。船的容量虽小，但其危险却并不在这小的一点上，因为还有一种划划船，更窄而浅，没有船篷，不怕遇风倾覆，所以这小船的危险乃是因有篷而船身较高之故。

在庚子的前一年，我往东浦去吊先君的保姆之丧，坐小船过大树港，适值大风，望见水面波浪如白鹅乱窜，船在浪上颠簸起落，如走游木，舟人竭力支撑，驶入汊港，始得平定，据说如再颠一刻，不倾没也将破散了。这种事情是常会有的，约十年后我的大姑母来家拜忌日，午后回吴融村去，小船遇风浪倾覆，遂以溺死。我想，越人古来断发文身，入水与蛟龙斗，干惯了这些事，活在水上，死在水里，本来是觉悟的，俗语所谓“瓦罐不离井上破”，是也。我们这班人，有的是中途从别处迁移去的，有的虽是土著，经过二千余年的岁月，未必能多少保存长颈鸟喙的气象，可是在这地域内住了好久，如范少伯所说，鼋鼍鱼鳖之与处而蛙邑之与同陼，自然也就与水相习，养成了这一种态度。辛丑以后，我在江南水师学堂做学生，前后六年不曾学过游泳，本来在鱼雷学堂的旁边有一个池，因为有两个年幼的学生不慎淹死在里边，学堂总办就把池填平了，等我进校的时候，那地方已经改造了三间关帝庙，住着一个老更夫，据说是打长毛立过功的都司。我年假回乡时，遇见人问:“你在水师，当然是会游水吧。”我答说:“不。”“为什么呢？”“因为我们只是在船上时有用，若是落了水就不行了，还用得着游泳么。”这回答，一半是滑稽，一半是实话，没有这个觉悟，怎么能去坐那小船呢？

上边我说在家乡就只怕坐小船遇风，可是如今又似乎翻船并不在乎，那么这风也不甚么可畏了。其实这并不尽然。风总还是可怕的，不过水乡的人既要以船为车，就不大顾得淹死与否，所以看得不严重罢了。除此以外，风在绍兴就不见得有什么讨人嫌的地方，因为它并不扬尘，街上以至门内院子里都是石板，刮上一天风也吹不起尘土来，白天只听得邻家的淡竹林的摩戛声，夜里北面楼窗的板门“格答，格答”地作响，表示风的力量，小时候熟悉的记忆现在回想起来，倒还觉得有点有趣。后来离开家乡，在东京随后在北京居住，才感觉对于风的不喜欢。本乡三处的住宅都有板廊，夏天总是那么沙泥粒屑，便是给风刮来的，赤脚踏上去，觉得很不愉快，桌子上也是如此，伸纸摊书之前，非得用手摸一下不可，这种经验在北京还是继续着，所以成了习惯，就是在不刮风的日子也会这样做。北京还有那种蒙古风，仿佛与南边的所谓落黄沙相似，刮得满地满屋的黄土，这土又是特别的细，不但无孔不入，便是用本地高丽纸糊好的门窗格子也挡不住，似乎能够从那帘纹的地方穿透过去。平常大风的时候，空中“呼呼”有声，古人云：“春风狂似虎”，或者也把风声说在内，听了觉得不很愉快。古诗有云：“白杨多悲风，萧萧愁杀人。”这“萧萧”的声音我却是欢喜，在北京所听的风声中要算是最好的。在前院的绿门外边，西边种了一棵柏树，东边种了一棵白杨，或者严格地说是青杨，如今十足过了廿五个年头，柏树才只拱把，白杨却已长得合抱了。前者是常青树，冬天看了也好看，后者每年落叶，到得春季长出成千万的碧绿大叶，整天地在摇动着。书本上说它无风自摇，其实也有微风，不过别的树叶子尚未吹动，白杨叶柄特别细，所以就颤动起来了。戊寅以前，老友饼斋常来寒斋夜谈，听见墙外瑟瑟之声，辄惊问曰：“下雨了吧？”但不等回答，立即省悟，又为白杨所骗了。戊寅春初，饼斋下世，以后不复有深夜谈天的事，但白杨的风声还是照旧可听，从窗里望见一大片的绿叶也觉得很好看。关于风的话，现在可说的就只是这一点，大概风如不与水在一起，这固无可畏，却也就没有什么意思了。

阴历三月末日

缘日

到了夏天，时常想起东京的夜店。己酉庚戌之际，家住本乡的西片町，晚间多往大学前一带散步，那里每天都有夜店，但是在缘日特别热闹，想起来那正是每月初八本乡四丁目的药师如来吧。缘日意云有缘之日，是诸神佛的诞日或成道示现之日，每月在这一天寺院里举行仪式，有许多人来参拜，同时便有各种商人都来摆摊营业，自饮食用具，花草玩物，以至戏法杂耍，无不具备，颇似北京的庙会，不过庙会虽在寺院内，似乎已经全是市集的性质，又只以白天为限，缘日则晚间更为繁盛，又还算是宗教的行事，根本上就有点不同了。

若月紫兰著《东京年中行事》卷上有《缘日》一则，前半云：

东京市中每日必在什么地方有毗沙门，或药师，或稻荷样等等的祭祀，这便是缘日。晚间只要天气好，就有各色的什么饮食店，粗点心店，旧家具店，玩物店，以及种种家庭用具店，在那寺院境内及其附近，不知有多少家，接连地排着，开起所谓露店来，其中最有意思的大概要算是草花店吧。将各样应节的花木拿来摆着，讨着无法无天的价目，等候寿头来上钩。他们所讨的既是无法无天的价目，所以买客也总是五分之一或十分之一的乱七八糟地还价。其中也有说岂有此理，拒绝不理的，但是假如看去这并不是闹了玩的，卖花的也等到差不多适当的价钱就卖给客人了。

寺门静轩著《江户繁昌记》初编中有《赛日》一篇，也是写缘日情形的，原用汉文，今抄录一部分如下：

古俚曲词云："月之八日茅场町，大师赛诣不动样"，是可以证都中好赛为风之古。赛最盛于夏晚，各场门前街贾人争张露肆，卖器物者皆铺蒲席，并烧萨摩蜡烛，贾食物者必安床阁，吊鱼油灯火，陈果与蓏，烧团粉与明鲞（案：此应作鱿鱼），轧轧为鱼鲊，沸沸煎油糍。或列百物，价皆十九钱，随人择取，或拈阄合印，赌一货卖之于数人。卖茶娘必美艳，鬻水声自清凉。街西瓜者照红笺灯，沽饧者张大油伞。灯笼儿（案：据旁训即酸浆）十头一串，大通豆一囊四钱。以硝子坛盛金鱼，以黑纱囊贮丹萤。近年麦汤之行，茶店大抵供汤，缘麦汤出葛汤，自葛汤出卵汤，并和以砂糖，其他殊雪紫苏，色色异味。其际橐驼师（案：即花匠）罗列盆卉种类，皆陈之于架上，闹花闲草，斗奇竞异，枝为屈蟠者，为气条者，叶有间色者，有间道者。钱蒲细叶者栽之以石，石长生作穿眼者以索垂之。若作托叶衣花，若树芦干挟枝。霸王树（案：即仙人掌）拥虞美人草，凤尾蕉杂麒麟角（原注云：汉名龙牙木）。百两金，万年青，珊瑚翠兰，种种殊趣。大夫之松，君子之竹，杂木骈植，萧森成林。林下一面，野花点缀。杜荣招客，如求自鬻，女郎花（原注云：汉名败酱）媚伴老少年。露滴泪断肠花，风飘芳燕尾香。鸡冠草皆拱立，凤仙花自不凡。领幽光牵牛花，妆闹色洛阳花。卷丹偏其，黄芹萎兮。桔梗簇紫色，欲夺他家之红，米囊花碎，散落委泥，夜落金钱往往可拾。新罗菊接扶桑花边，见佛头菊于曼陀罗花天竺花间。向此红碧绵绮丛间，夹以虫商。官商缴如，徵羽绎如，狗蝇黄（案：和名草云雀，金铃子类）唱，纺绩娘和，金钟儿声应金琵琶，可恶为聒聒儿所夺。两担笼内，几种虫声，唧唧送韵，绣出武藏野当年荒凉之色，见之于热闹市中之今日，真奇观矣。

《江户繁昌记》共有六编，悉用汉文所写，而别有风趣。间亦有与中国用字造句绝异之处，略改一二，余仍其旧。初篇作于天保辛卯（1831），距今已一百十年，若月氏著上卷刊于明治辛亥（1911），亦在今三十年前，而二书相隔盖亦已有八十年之久矣。比较起来，似乎八十年的前后还没有什么大变化，本乡药师的花木大抵也是那些东西，只是多了些洋种，如鹤子花等罢了。近三十年的变化或者更大也未可料，虽然这并没有直接见闻，推想当是如此，总之西洋草花该大占了势力了吧。

北京庙会也多花店，只可惜不大有人注意，予以记录。

《北平风俗类征》十三卷征引非不繁富，可是略一翻阅，查不到什么写花厂的文章，结果还只有敦礼臣所著的《燕京岁时记》，记《东西庙》一则下云：

西庙，曰护国寺，在皇城西北定府大街正西，东庙曰隆福寺，在东四牌楼西马市正北，自正月起，每逢七八日开西庙，九十日开东

> 庙。开会之日，百货云集，凡珠玉绫罗，衣服饮食，古玩字画，花鸟虫鱼，以及寻常日用之物，星卜杂技之流，无所不有，乃都城内之一大市会也。两庙花厂尤为雅观，夏日以茉莉为胜，秋日以桂菊为胜，冬日以水仙为胜，至于春花中如牡丹、海棠、丁香、碧桃之流，皆能于严冬开放，鲜艳异常，洵足以巧夺天工，预支月令。

这里虽然语焉不详，但是慰情胜无，可以珍重。这种事情在有些人看来觉得没有意思，或者还是玩物丧志，要为道学家所呵叱，这者我也知道，向来没有人肯下笔记录，岂不就是为此么？但是我仍是相信，这都值得用心，而且还很有用处。要了解一国民的文化，特别是外国的，我觉得如单从表面去看，那是无益的事，须得着眼于其情感生活，能够了解几分对于自然与人生态度，这才可以稍有所得。从前我常想，从文学美术去窥见一国的文化大略，结局是徒劳而无功，后始省悟，自呼愚人不止，懊悔无及，如要卷土重来，非从民俗学入手不可。古今文学美术之精华，总是一时地、少数地表现，持与现实对照，往往不独不能疏通证明，或者反有抵牾亦未可知，如以礼仪风俗为中心，求得其自然与人生观，更进而了解其宗教情绪，那么这便有了六七分光，对于这国的事情可以有懂得的希望了。不佞不凑巧乃是少信的人，宗教方面无法入门，此外关于民俗却还想知道，虽是秉烛读书，不但是老学而且是困学，也不失为遣生之法，对于缘日的兴趣亦即由此发生，写此小文，目的与文艺不大有关系，恐难得人赐顾，亦正是当然也。

廿九年六月，夏至节

结缘豆

范寅《越谚》卷中“风俗”门云：

结缘，各寺庙佛生日散钱与丐，送饼与人，名此。

敦崇《燕京岁时记》有“舍缘豆”一条云：

四月八日，都人之好善者取青黄豆数升，宣佛号而拈之，拈毕煮熟，散之市人，谓之舍缘豆，预结来世缘也。谨按《日下旧闻考》，京师僧人念佛号者辄以豆记其数，至四月八日佛诞生之辰，煮豆微撒以盐，邀人于路请食之以为结缘，今尚沿其旧也。

刘玉书《常谈》卷一云：

都南北多名刹，春夏之交，士女云集，寺僧之青头白面而年少者着鲜衣华屦，托朱漆盘，贮五色香花豆，蹀躞于妇女襟袖之间以献之，名曰结缘，妇女亦多嬉取者。适一僧至少妇前奉之甚殷，妇慨然大言曰：“良家妇不愿与寺僧结缘。”左右皆失笑，群妇赧然缩手而退。

就上边所引的话看来，这结缘的风俗在南北部有，虽然情形略有不同。小时候在会稽家中常吃到很小的小烧饼，说是结缘分来的，范啸风所说的饼就是这个。这种小烧饼与“洞里火烧”的烧饼不同，大约直径一寸，高约五分，馅用椒盐，以小皋步的为最有名，平常二文钱一个，底有两个窟窿，结缘用的只有一孔，还要小得多，恐怕还不到一文钱吧。北京用豆，再加上念佛，觉得很有意思，不过二十年来不曾见过有人拿了盐煮豆沿路邀吃，也不听说浴佛日寺庙中有此种情事，或者现已废止亦未可知，至于小烧饼如何，则我因离乡里已久不能知道，据我推想，或尚在分送，盖主其事者多系老太婆们，而老太婆者乃是天下之最有闲而富于保守性者也。

结缘的意义何在？大约是从佛教进来以后，中国人很看重缘，有时候还至于说得很有点神秘，几乎近于命数。如俗语云，有缘千里来相会，无缘对面不相逢，又小说中狐鬼往来，末了必云缘尽矣，乃去。敦礼臣所云“预结来世缘”，即是此意。其实说得浅淡一点，或更有意思，例如唐伯虎之三笑，才是很好的缘，不必于冥冥中去找红绳缚脚也。我很喜欢佛教里的两个字，曰“业”曰“缘”，觉得颇能说明人世间的许多事情，仿佛与遗传及环境相似，却更带一点儿诗意。

日本无名氏诗句云：

虫呵虫呵，难道你叫着，业便会尽了么？

这业的观念太是冷而且沉重，我平常笑禅宗和尚那么超脱，却还挂念腊月二十八，觉得生死事大也不必那么操心，可是听见知了在树上喳喳地叫，不禁心里发沉，真感到这件事恐怕非是涅磐是没有救的了。缘的意思便比较的温和得多，虽不是三笑那么圆满，也总是有人情的，即使如库普林在《晚间的来客》所说，偶然在路上看见一双黑眼睛，以至梦想颠倒，究竟逃不出是春叫猫儿猫叫春的圈套，却也还好玩些。此所以人家虽怕造业而不惜作缘欤？若结缘者又买烧饼煮黄豆，逢人便邀，则更十分积极矣，我觉得很有兴趣者盖以此故也。

为什么这样地要结缘的呢？我想，这或者由于不安于孤寂的缘故吧。富贵子嗣是大众的愿望，不过这都有地方可以去求，如财神送子娘娘等处，然而此外还有一种苦痛却无法解除，即是上文所说的人生的孤寂。孔子曾说过："鸟兽不可与同群，吾非斯人之徒而谁与？"人是喜群的，但他往往在人群中感到不可堪的寂寞，有如在庙会时挤在潮水般的人丛里，特别像是一片树叶，与一切绝缘而孤立着。念佛号的老公公老婆婆也不会不感到，或者比平常人还要深切吧，想用什么仪式来施行祓除，列位莫笑他们这几颗豆或小烧饼，有点近似小孩们的"办人家"，实在却是圣餐的面包葡萄酒似的一种象征，很寄存着深重的情意呢。我们的确彼此太缺少缘分，假如可能实有多结之必要，因此我对于那些好善者着实同情，而且大有加入的意思，虽然青头白面的和尚我与刘青园同样地讨厌，觉得不必与他们去结缘，而朱漆盘中的五色香花豆盖亦本来不是献给我辈者也。

我现在去念佛拈豆，这自然是可以不必了，姑且以小文章代之耳。我写文章，平常自己怀疑，这是为什么的：为公平，为私乎？一时也有点说不上来。

钱振锽《名山小言》卷七有一节云：

> 文章有为我兼爱之不同。为我者只取我自家明白，虽无第二人解，亦何伤哉，老子古简，庄生诡诞，皆是也。兼爱者必使我一人之心共喻于天下，语不尽不止，孟子详明，墨子重复，是也。《论语》多弟子所记，故语意亦简，孔子诲人不倦，其语必不止此。或怪孔明文采不艳而过于丁宁周至，陈寿以为亮所与言尽众人凡士云云，要之皆文之近于兼爱者也。诗亦有之，王孟闲适，意取含蓄，乐天讽喻，不妨尽言。

这一节话说得很好，可是想拿来应用却不很容易，我自己写文章是属于哪一派的呢？说兼爱固然够不上，为我也未必然，似乎这里有点儿缠夹，而结缘的豆乃仿佛似之，岂不奇哉。写文章本来是为自己，但他同时要一个看的对手，这就不能完全与人无关系，盖写文章即是不甘寂寞，无论怎样写得难懂，意识里也总期待有第二人读，不过对于他没有过大的要求，即不必要他来做喽啰而已。煮豆微撒以盐而给人吃之，岂必要索厚偿，来生以百豆报我，但只愿有此微末情分，相见时好生看待，不至伥伥来去耳。古人往矣，身后名亦复何足道，唯留存二三佳作，使今人读之欣然有同感，斯已足矣，今人之所能留赠后人者亦止此，此均是豆也。几颗豆豆，吃过忘记未为不可，能略为记得，无论转化作何形状，都是好的。我想，这恐怕是文艺的一点效力，他只是结点缘罢了。我却觉得很是满足，此外不能有所希求，而且过此也就有点不大妥当，假如想以文艺为手段去达别的目的，那又是和尚之流矣，夫求女人的爱亦自有道，何为舍正路而不由，乃托一盘豆以图之，此则深为不佞所不能赞同者耳。

廿五年九月八日，在北平

喝茶

前回徐志摩先生在平民中学讲“吃茶”——并不是胡适之先生所说的“吃讲茶”——我没有工夫去听，又可惜没有见到他精心结构的讲稿，但我推想他是在讲日本的“茶道”（英文译作 Teaism），而且一定说得很好。茶道的意思，用平凡的话来说，可以称作“忙里偷闲，苦中作乐”，在不完全的现世享乐一点美与和谐，在刹那间体会永久，在日本之“象征的文化”里的一种代表艺术。关于这一件事，徐先生一定已有透彻巧妙的解说，不必再来多嘴，我现在所想说的，只是我个人的很平常的喝茶罢了。

喝茶以绿茶为正宗，红茶已经没有什么意味，何况又加糖——与牛奶？葛辛（George Gissing）的《草堂随笔》（Private Papers of Henry Ryecroft）确是很有趣味的书，但“冬之卷”里说及饮茶，以为英国家庭里下午的红茶与黄油面包是一日中最大的乐事，支那饮茶已历千百年，未必能领略此种乐趣与实益的万分之一，则我殊不以为然。红茶带“土斯”未始不可吃，但这只是当饭，在肚饥时食之而已；我的所谓喝茶，却是在喝清茶，在赏鉴其色与香与味，意未必在止渴，自然更不在果腹了。中国古昔曾吃过煎茶及抹茶，现在所用的都是泡茶，冈仓觉三在《茶之书》（Book of Tea，1919）里很巧妙地称之曰“自然主义的茶”，所以我们所重的即在这自然之妙味。中国人上茶馆去，左一碗右一碗地喝了半天，好像是刚从沙漠里回来的样子，颇合于我的喝茶的意思，（听说闽、粤有所谓吃工夫茶者自然也有道理，）只可惜近来太是洋场化，失了本意，其结果成为饭馆子之流，只在乡村间还保存一点古风，唯是屋宇器具简陋万分，或者但可称为颇有喝茶之意，而未可许为已得喝茶之道也。

喝茶当于瓦屋纸窗之下，清泉绿茶，用素雅的陶瓷茶具，同二三人共饮，得半日之闲，可抵十年的尘梦。喝茶之后，再去继续修各人的胜业，无论为名为利，都无不可，但偶然的片刻优游乃正亦断不可少。中国喝茶时多吃瓜子，我觉得不很适宜，喝茶时可吃的东西应当是轻淡的“茶食”。中国的茶食却变了“满汉饽饽”，其性质与“阿阿兜”相差无几，不是喝茶时所吃的东西了。日本的点心虽是豆米的成品，但那优雅的形色，朴素的味道，很合于茶食的资格，如各色“羊羹”（据上田恭辅氏考据，说是出于中国唐时的羊肝饼），尤有特殊的风味。江南茶馆中有一种“干丝”，用豆腐干切成细丝，加姜丝酱油，重汤燉热，上浇麻油，出以供客，其利益为“堂倌”所独有。豆腐干中本有一种“茶干”，今变而为丝，亦颇与茶相宜。在南京时常食此品，据云有某寺方丈所制为最，虽也曾尝试，却已忘记，所记得者乃只是下关的江天阁而已。学生们的习惯，平常“干丝”既出，大抵不即食，等到麻油再加，开水重换之后，始行举箸，最为合适，因为一到即罄，次碗继至，不遑应酬，否则麻油三浇，旋即撤去，怒形于色，未免使客不欢而散，茶意都消了。

吾乡昌安门外有一处地方，名三脚桥，（实在并无三脚，乃是三出，因以一桥而跨三叉的河上也，）其地有豆腐店曰周德和者，制茶干最有名。寻常的豆腐干方约寸半，厚三分，值钱二文，周德和的价值相同，小而且薄，才及一半，黝黑坚实，如紫檀片。我家距三脚桥有步行两小时的路程，故殊不易得，但能吃到油炸者而已。每天有人挑担设炉镬，沿街叫卖，其词曰：

辣酱辣，麻油炸，
红酱搽，辣酱拓；
周德和格五香油炸豆腐干。

其制法如上所述，以竹丝插其末端，每枚值三文。豆腐干大小如周德和，而甚柔软，大约系常品。唯经过这样烹调，虽然不是茶食之一，却也不失为一种好豆食。——豆腐的确也是极东的佳妙的食品，可以有种种的变化，唯在西洋不会被领解，正如茶一般。

日本用茶淘饭，名曰“茶渍”，以腌菜及“泽庵”（即福建的黄土萝卜，日本泽庵法师始传此法，盖从中国传去）等为佐，很有清淡而甘香的风味。中国人未尝不这样吃，唯其原因，非由穷困即为节省，殆少有故意往清茶淡饭中寻其固有之味者，此所以为可惜也。

十三年十二月

麟凤龟龙

麟凤龟龙，自昔称为四灵，算作祥瑞。其中只有乌龟还是存在，蠢然一物，看不出什么灵气。麒麟这东西见于“西狩获麟”的历史，可见事实上有过这种动物，而且望文生义地解说下去，可以说它是鹿之一种，那么日本动物学者称长颈鹿为麒麟，似乎有了根据了。麟的出现虽是祥瑞，但是它本身并没有什么怪异的成分，那么它也只是像赤乌、白鹿之类，稀见难得罢了。长颈鹿现在产于非洲，这一类动物的化石在我国曾有发见，其历史也相当古老。

凤凰是什么鸟，现在不容易解决。“凤”字古文就是“朋”字，系是象形，像它羽毛丰盛之貌。《山海经》上也只说：“丹穴山有鸟状如鹤，五采而文，名曰凤。”无非说它毛色好看而已，也没有什么神异。它大约是一种羽毛非常艳丽的鸟类，有如孔雀之属，因为不容易看见，所以后人更锦上添花地加以形容。其中有两样乃系外来影响，不可不加区别。其一是《西游记》里的大鹏鸟。“鹏”字虽可作为“凤”之别体，但释迦如来的大鹏乃是佛经“金翅鸟”的变相。其二是依据西洋古代的传说，有这么一种神鸟，它生活五百年，随后自己收集香木焚身，再从灰烬中产生出一只小鸟来。这鸟一点都没有与凤凰共同之处，只因名为福尼克斯，被人拿与凤凰的典故接连，故有

“凤凰转身”的颂歌。也有人的名字由“小凤”改成“新凤”。说也奇怪，四灵的传说虽然早已没有势力，但这龙与麟凤的字面却一直通用着，还多用于姓名方面；这里除掉“龟”字，它在南宋总还是有的，如陆放翁自称龟堂，所以世传自元朝起开始忌讳，或者是的。

现在还有一条龙，须要研究，这事或者比较麻烦也未可知，因为它的性质复杂，有两个来源。其一它也是实有的，古代有过记载，这乃是一种爬虫类动物。《左传》：晋史臣蔡墨回答魏献子说，古代的人有懂得豢龙的，夏朝孔甲时代有龙四条，雌雄各二，有刘累学得养龙的方法，由他照管。后来一条雌龙死了，刘累腌了送给孔甲去吃，很是好吃，要叫刘累去找，他怕找不到，所以逃了去了。这样看来，可以知道它并不神异，只是很难得的一种动物罢了。其次说它是神物，会得兴云下雨，因此有龙王爷的信仰。这是本国的。到了唐朝，受了佛教影响，龙王也从原来的“畜生道”升为天上，又加添了龙女，是理想的女人，加以描写，以后把龙宫的内容写成天堂了。其实龙的本相乃是大蛇，佛经里它不脱三苦，说它睡时现形为蛇，又说虽食百味，末后一口化为虾蟆，这是说得很巧妙的。

四灵之中，麟、凤、龟三者都没有神化，唯独龙有这样的幸运，这是很奇怪的。一条爬虫有着牛头似的一个头，事实上是不可能，但经过艺术化，把怪异与美结合在一起，比单雕塑一个牛马的头更好看，是难得的事情。画图上的水墨龙也很好看，所以龙在美术上的生命，比那四灵之三要长得多多了。

（1963 年 10 月发表）

冬天的麻雀

我们住房的前面是一个院子，窗外东边是一株半枯的丁香和一丛黄刺梅，西边稍远是一棵槐树，虽在初春还是光光的树枝，同冬天一个样子，显得很是寂寞。院子里养着两只鸡，原是一公一母，可是母的是油鸡，公的却是来杭鸡，因为当初本有十几只小鸡，内有来杭鸡与油鸡两种，经野猫与家猫的侵略，逐渐减少，等到把家猫送了人，野猫赶走了的时候，剩下来的小鸡也就只有这两只了。它们宿在院子西北隅的一个柳条篓内，白天在阶下啄食，每到相当时候如不给撒点红高粱之类，公鸡便会飞上窗沿来，看里边的人为什么那么怠惰。还有一群揩油的麻雀，常停在黄刺梅丛中等候，这时也有一两只飞近门来，碰着玻璃发出声响。公鸡平常见了猫和小孩子要追了去啄或是脚踢，对于麻雀却并不排斥，让他们一同吃着，有人开门出去，麻雀才成阵地逃去，但仍旧坐在黄刺梅枝上，看人也颇信任似的，大概谅解主人们是无机心的吧。那些麻雀似乎相当肥胖，想必每天要分去好些鸡的口粮，乡下有俗语云："只要年成熟，麻鸟吃得几颗谷。"虽是旧思想，也说得不无理由。麻雀吃了些食料，既不会生蛋，我们也不想吃他的肉，自然是白吃算了，可是他们平时分别在檐前树上或飞或坐，任意鸣叫，即即足足的，虽然不成腔调，却也好听，特别是在这时候，仿佛觉得春天已经来了，比笼养着名贵的鸣禽听了更有意思。

我前年在上海居于横浜河畔，自冬徂夏有半年多，却不曾见到几只麻雀，即此一端，我也觉得北京要比上海为好了。

（1950 年 3 月 13 日发表）

炒栗子

日前偶读陆祁孙的《合肥学舍札记》，卷一有《都门旧句》一则云：

> 住在都门得句云，栗香前市火，菊影故园霜。卖炒栗时人家方莳菊，往来花担不绝，自谓写景物如画。后见蔡浣霞銮扬诗，亦有栗香前市火，杉影后门钟之句，未知孰胜。

将北京的炒栗子做进诗里去，倒是颇风趣味的事。

我想，芗婴居士文昭诗中常咏市井景物，当必有好些材料，可惜《紫幢轩集》没有买到，所有的虽然是有“堂堂堂”藏印的书，可是只得《画屏斋稿》等三种，在《艾集》下卷找到《时果》三章，其二是《栗》，云：

> 风戾可充冬，食新先用炒。
> 手剥下夜茶，饤盘妃红枣。
> 北路虽上番，不如东路好。

居士毕竟是不凡，这首诗写得很有风趣，非寻常咏物诗之比，我很觉得喜欢，虽然自己知道诗是我所不大懂的。

说到炒栗，自然第一联想到的是放翁的《笔记》，但是我又记起清朝还有些人说起，便就近先从赵云松的《陔馀丛考》查起，在卷三十三里找到《京师炒栗》一条，其文云：

今京师炒栗最佳，四方皆不能及。按宋人小说，汴京李和炒栗名闻四方，绍兴中陈长卿及钱恺使金，至燕山，忽有人持炒栗十枚来献，自白曰，汴京李和儿也，挥涕而去。盖金破汴后流转于燕，仍以炒栗世其业耳，然则今京师炒栗是其遗法耶？

这里所说似乎有点不大可靠，如炒栗十枚便太少，不像是实有的事。

其次，在郝兰皋的《晒书堂笔录》卷四有《炒栗》一则云：

栗，生啖之益人，而新者微觉寡味，干取食之则味佳矣，苏子由服栗法亦是取其极干者耳。然市肆皆传炒栗法。余幼时自塾晚归，闻街头唤炒栗声，舌本流津，买之盈袖，恣意咀嚼。其栗殊小而壳薄，中实充满，炒用糖膏则壳极柔脆，手微剥之，壳肉易离而皮膜不黏，意甚快也。及来京师，见市肆门外置柴锅，一人向火，一人坐高凳子上，操长柄铁勺频搅之令匀遍。其栗稍大，而炒制之法，和以濡糖，藉以粗沙，亦如余幼时所见，而甜美过之。都市炫鬻，相染成风，盘饤间称佳味矣。偶读《老学庵笔记》二言，故都李和炒栗名闻四方，别人百计效之，终不可及。绍兴中，陈福公及钱上阁出使虏庭，至燕山，忽有两人持炒栗各十裹来献，三节人亦人得一裹，自赞曰："李和儿也。"挥涕而去。惜其法竟不传，放翁虽著记而不能究言其详也。

所谓宋人小说，盖即是《老学庵笔记》，十枚亦可知是十裹之误。郝君是无情趣的人，学者而兼有诗人的意味，故所记特别有意思，如写炒栗之特征，炒时的情状，均简明可喜，《晒书堂集》中可取处甚多，此其一例耳。糖炒栗子法在中国殆已普遍，李和家想必特别佳妙，赵君以为京师市肆传其遗法恐未必然。绍兴亦有此种炒栗，平常系水果店兼营，与北京之多由干果铺制售者不同。

案孟元老著《东京梦华录》卷八，《立秋》项下说及李和云：

鸡头上市，则梁门里李和家最盛。士庶买之，一裹十文，以小新荷叶包，糁以麝香，红小索儿系之。卖者虽多，不及李和一色拣银皮子嫩者货之。

李李村著《汴宋竹枝词》百首，曾咏其事云：

明珠的的价难酬，昨夜南风黄嘴浮。
似向胸前解罗被，碧荷叶裹嫩鸡头。

这样看来，那么李和家原来岂不也就是一爿鲜果铺么？

放翁的笔记原文已见前引《晒书堂笔录》中，兹不再抄。三年前的冬天偶食炒栗，记起放翁来，陆续写二绝句，致其怀念，时已近岁除矣，其词云：

燕山柳色太凄迷，话到家园一泪垂。
长向行人供炒栗，伤心最是李和儿。

家祭年年总是虚，乃翁希望竟何如。
故园未毁不归去，怕出偏门过鲁墟。

先祖母孙太君家在偏门外，与快阁比邻，蒋太君家鲁墟，即放翁诗所云“轻帆过鲁墟”者是也。

案《嘉泰会稽志》卷十七《草部》,《荷》下有云：

出偏门至三山多白莲，出三江门至梅山多红莲。夏夜香风率一二十里不绝，非尘境也，而游者多以昼，故不尽知。

出偏门至三山，不佞儿时往鲁墟去，正是走这条道，但不曾见过莲花，盖田中只是稻，水中亦唯有大菱茭白，即鸡头子也少有人种植。近来更有二十年以上不曾看见，不知是什么外形矣。

廿九年三月二十日

萝卜与白薯

中国人吃的菜蔬的种类，在世界上大概可以算是最多的了。历史长固然是一个原因，但古人所吃的有许多东西，如蘋藻薇蕨，现今小菜场上都已不见，而古无今有的另外添进去了不少，大抵重要的原因还是在于中国的调烹法的特殊，各式的植物茎叶他都可以煮了放在碗里，用筷子夹了吃，这用在西洋料理上往往是没办法办的。

这些菜蔬中间，我觉得顶有意思的是萝卜与白薯。这两样东西都是大块头，不但是吃起来便利，而且也实在有用场。明人王象晋称萝卜可生可熟，可菹可齑，可酱可豉，可醋可糖，可腊，乃蔬之最有益者。徐玄扈说甘薯有十二胜，话太长了，简约起来可以说是易种，多收，味甘，生熟可食，可干藏，可酿酒。具体地说，我最爱的和尚吃的那种大块萝卜炖豆腐，其次是乡间戏台下的萝卜丝饼以及南京腌萝卜鲞。至于白薯，自然煮的、烤的都好，但是我记得那玉米面糊里加红番薯，那是台州老百姓通年吃了借以活命的东西，小时候跟了台州的女用人吃过多少回，觉得至今不能忘却。

希望将来人人可以吃到猪排、牛排和白面包，自然是很好，我们要去努力，可是在这时候能吃苦也极重要。我想假使天天能够吃饱玉米面和白薯，加上萝卜釜几片，已经很可满足，而一天里所要做的事只是看看书，把思想搞通点，写篇小文章，反省一下，觉得真如东坡在临皋亭所说，惭愧惭愧。

（1950年1月20日发表）

自己的园地

一百五十年前，法国的福禄特尔作了一本小说《亢迭特》（Candide），叙述人世的苦难，嘲笑“全舌博士”的乐天哲学。亢迭特与他的老师全舌博士经了许多忧患，终于在土耳其的一角里住下，种园过活，才能得到安住。亢迭特对于全舌博士的始终不渝的乐天说，下结论道：“这些都是很好，但我们还不如去耕种自己的园地。”这句格言现在已经是“脍炙人口”，意思也很明白，不必再等我下什么注脚。但是现在把他抄来，却有一点别的意义。所谓自己的园地，本来是范围很宽，并不限定于某一种：种果蔬也罢，种药材也罢——种蔷薇、地丁也罢，只要本了他个人的自觉，在他认定的不论大小的地面上，用了力量去耕种，便都是尽了他的天职了。在这平淡无奇的说话中间，我所想要特地申明的，只是在于种蔷薇、地丁也是耕种我们自己的园地，与种果蔬、药材，虽是种类不同，而有同一的价值。

我们自己的园地是文艺，这是要在先声明的。我并非厌薄别种活动而不屑为——我平常承认各种活动于生活都是必要，实在是小半由于没有这种的才能，大半由于缺少这样的趣味，所以不得不在这中间定一个去就。但我对于这个选择并不后悔，并不惭愧园地的小与出产的薄弱而且似乎无用。依了自己的心的倾向，去种蔷薇、地丁，这是尊重个性的正当办法，即使如别人所说各人果真应报社会的恩，我也相信已经报答了，因为社会不但需要果蔬、药材，却也一样迫切地需要蔷薇与地丁——如有蔑视这些的社会，那便是白痴的，只有形体而没有精神生活的社会，我们没有去顾视他的必要。倘若用了什么名义，强迫人牺牲了个性去侍奉白痴的社会——美其名曰迎合社会心理——那简直与借了伦常之名强人忠君，借了国家之名强人战争一样的不合理了。

有人说道，据你所说，那么你所主张的文艺，一定是人生派的艺术了。泛称人生派的艺术，我当然是没有什么反对，但是普通所谓人生派是主张“为人生的艺术”的，对于这个，我却略有一点意见。“为艺术的艺术”将艺术与人生分离，并且将人生附属于艺术，至于如王尔德的提倡人生之艺术化，固然不很妥当；“为人生的艺术”以艺术附属于人生，将艺术当作改造生活的工具而非终极，也何尝不把艺术与人生分离呢？我以为艺术当然是人生的，因为他本是我们感情生活的表现，叫他怎能与人生分离？“为人生”——于人生有实利，当然也是艺术本有的一种作用，但并非唯一的职务。总之艺术是独立的，却又原来是人性的，所以既不必使他隔离人生，又不必使他服侍人生，只任他成为浑然的人生的艺术便好了。“为艺术”派以个人为艺术的工匠，“为人生”派以艺术为人生的仆役，现在却以个人为主人，表现情思而成艺术，即为其生活之一部，初不为福利他人而作，而他人接触这艺术，得到一种共鸣与感兴，使其精神生活充实而丰富，又即以为实生活的基本；这是人生的艺术的要点，有独立的艺术美与无形的功利。我所说的蔷薇、地丁的种作，便是如此。有些人种花聊以消遣，有些人种花志在卖钱；真种花者以种花为其生活——而花亦未尝不美，未尝于人无益。

（1922 年 1 月 22 日发表）

日记与尺牍

日记与尺牍，是文学中特别有趣味的东西，因为比别的文章更鲜明地表出作者的个性。诗文、小说、戏曲都是做给第三者看的，所以艺术虽然更加精练，也就多有一点做作的痕迹；信札只是写给第二个人；日记则给自己看的，（写了日记预备将来石印出书的算作例外，）自然是更真实、更天然的了。我自己作文觉得都有点做作，因此反动地喜看别人的日记尺牍，感到许多愉快。我不能写日记，更不善写信，自己的真相仿佛在心中隐约觉到，但要写它下来，即使想定是私密的文字，总不免还有做作——这并非故意如此，实在是修养不足的缘故，然而，因此也愈觉得别人的日记尺牍之佳妙，可喜亦可贵了。

中国尺牍向来好的很多，文章与风趣多能兼具，但最佳者，还应能显出主人的性格。《全晋文》中录王羲之杂帖，有这两章：

吾顷无一日佳，衰老之弊日至，夏不得有所啖，而犹有劳务，甚劣劣。

不审复何似？永日多少看未？九日当采菊不？至日欲共行也，但不知当晴不耳？

我觉得，这要比“奉橘三百颗”还有意思。日本诗人芭蕉（Bashō）有这样一封向他的门人借钱的信，在寥寥数语中，画出一个飘逸的俳人来。

欲往芳野行脚，希惠借银五钱。此系勒借，容当奉还。唯老夫之事，亦殊难说耳。

去来君。芭蕉。

日记又是一种考证的资料。近阅汪辉祖的《病榻梦痕录》上卷，乾隆二十年项下有这几句话：

绍兴秋收大歉。次年春夏之交，米价斗三百钱，丐殍载道。

同五十九年项下又云：

夏间，米一斗，钱三百三四十文。往时，米价至一百五六十文，即有饿殍，今米常贵而人尚乐生，盖往年专贵在米，今则鱼虾蔬果无一不贵，故小贩村农俱可糊口。

这都是经济史的好材料，同时也可以看出他精明的性分。日本俳人一茶（Issa）的日记，一部分流行于世，最新发现刊行的为《一茶旅日记》，文化元年十二月中，有记事云：

二十七日阴，买锅。

二十九日雨，买酱。

十几个字里，贫穷之状表现无遗。同年五月项下云：

七日晴，投水男女二人浮出吾妻桥下。

此外，还多同类的记事，年月从略：

九日晴，南风。妓女花井火刑。

二十四日晴。夜，庵前板桥被人窃去。

二十五日雨。所余板桥被窃。

这些不成章节的文句，却含着不少的暗示的力量，我们读了恍惚想见作者的人物及背景，其效力或过于所作的俳句。我喜欢一茶的文集《俺的春天》，但也爱他的日记，虽然除了吟咏以外只是一行半行的纪事，我却觉得他尽有文艺的趣味。

在外国文人的日记尺牍中，有一两节关于中国人的文章，也很有意思，抄录于下，博读者之一粲。倘若读者不笑而发怒，那是介绍者的不好，我愿意赔不是，只请不要见怪原作者就好了。

夏目漱石日记，明治四十二年：

七月三日

晨六时地震。夜有支那人来，站在栅门前说把这个开了。问是谁，来干什么。答说我你家里的事都听见。姑娘八位，使女三位，三块钱。完全像个疯子。说你走罢，也仍不回去。说还不走要交给警察了。答说我是钦差，随出去了。是个荒谬的东西。

以上据《漱石全集》第十一卷译出。后面是从英译《契诃夫书简集》中抄译的一封信：

契诃夫与妹书：

一八九〇年六月二十九日，在木拉伏夫轮船上。

我的舱里流星纷飞——这是有光的甲虫，好像是电气的火光。白昼里野羊游泳过黑龙江。这里的苍蝇很大。我和一个契丹人同舱，名叫宋路理，他屡次告诉我，在契丹，为了一点小事就要"头落地"。昨夜他吸鸦片烟醉了，睡梦中只是讲话，使我不能睡觉。二十七日，我在契丹爱珲城近地一走。我似乎渐渐地走进一个怪异的世界里去了。轮船播动，不好写字。

明天我将到伯力了。那契丹人现在起首吟他扇上所写的诗了。

十四年三月

《幼小者之声》

柳田国男的著述，我平时留心搜求，差不多都已得到，除早年绝版的如《后狩词记》终于未能入手外，自一九〇九年的限定初版的《远野物语》以至今年新出的增补版《远野物语》，大抵关于民俗学的总算有了。有些收在预约的大部丛书里的也难找到，但从前在儿童文库里的两本《日本的传说》与《日本的故事》近来都收到春阳堂的少年少女文库里去，可以零买了，所以只花了二三十钱一本便可到手，真可谓价廉物美。又有一册小书，名为《幼小者之声》，是玉川文库之一，平常在市面上也少看见，恰好有一位北大的旧学生在玉川学园留学，我便写信给他，声明要敲一竹杠，请他买这本书送我，前两天这也寄来了。共计新旧大小搜集了二十五种，成绩总算不坏。

《幼小者之声》不是普通书店发行的书，可是校对特别不大考究，是一个缺点，如标题有好几处把著者名字都错作柳田国夫，又目录上末了一篇《黄昏小记》错作黄昏小说。这是“菊半截”百六页的小册子，共收小文六篇，都是与儿童生活有关系的。柳田的作品里有学问，有思想，有文章，合文人学者之长，虽然有时稍觉有艰深处，但这大抵由于简练，所以异于尘土地似干燥。第三篇题曰《阿杉是谁生的》（Osugi tarenoko？写汉字可云阿杉谁之子，但白话中儿子一语只作男性用，这里阿杉是女性名字，不能适用，只好改写如上文。）注云旅中小片，是很短的一篇，我读了觉得很有意思。其首两节云：

驿夫用了清晨的声音连连叫唤着，走着，这却是记忆全无的车站名字。一定还是备后地方，因为三原丝崎尚未到着。揭起睡车的窗帘来看，隔着三町路的对面有一个稍高的山林，在村里正下着像我们小时候的那样的雨。说雨也有时代未免有点可笑，实在因为有山围着没有风的缘故吧，这是长而且直的，在东京等处见不到的那种雨。木栅外边有两斤田地，再过去是一所中等模样的农家，正对这边建立着。板廊上有两个小孩，脸上显出玩耍够了的神气，坐着看这边的火车。在往学校之前有叫人厌倦地那么长闲时间的少年们真是有福了。

火车开走以后，他们看了什么玩耍呢？星期日如下了雨，那又怎样消遣呢？我的老家本来是小小的茅草顶的房子，屋檐是用杉树皮盖成的。板廊太高了，说是于小孩有危险，第一为我而举办的工事是粗的两枝竹扶栏，同时义将一种所谓竹水溜挂在外面的檐下，所以看雨的快乐就减少一点了。直到那时候，普通人家的屋檐下都是没有竹水溜的，因此檐前的地上却有檐溜的窟窿整排地列着。雨一下来，那里立刻成为盆样的小池，雨再下得大一点，水便连作一片地在动。细的沙石都聚到这周围来。我们那时以为这在水面左右浮动的水泡就叫作檐溜的，各家的小孩都唱道：

檐溜呀，做新娘吧！

在下雨的日子到村里走走，就可以听见各处人家都唱这样的歌词：

檐溜呀，做新娘吧！

买了衣厨板箱给你。

小孩看了大小种种的水泡回转动着，有时两个挨在一起，便这样唱着赏玩。凝了神看着的时候，一个水泡忽然拍地消灭了，心里觉得非常惋惜，这种记忆在我还是幽微地存在。这是连笑的人也没有的小小的故事，可是这恐怕是始于遥远的古昔之传统的诗趣吧。今日的都市生活成立以后，这就窣地断掉了，于是下一代的国民就接受不着而完了。这不独是那檐溜做新娘的历史而已。

这文章里很含着惆怅，不只是学问上的民俗学者的关心，怕资料要消没了，实在是充满着人情，读了令人也同样地觉得惘然。

《黄昏小记》也是很有意思的小文，如头几节云：

这是雨停止了的傍晚。同了小孩走下院子里去，折了一朵山茶花给他，叶上的雨点哗啦哗啦落在脸上了。小孩觉得很是好玩，叫找给他再摇旁边的一株枫树，自己去特地站在底下，给雨淋湿了却高声大笑。此后还四面搜寻，看有没有叶上留着雨水的树。小儿真是对于无意味的事会很感兴趣的。

我看着这个样子便独自这样地想，现在的人无端地忙碌。眼前有许多非做不可的和非想不可的事。在故乡的山麓寂寞地睡着的祖父的祖父的祖父的事情，因为没有什么关系了，也并不再想到。只简单地一句话称之曰祖宗，就是要去想，名字也都不知道了。史书虽然尽有，平民的事迹却不曾写着。偶然有点余留下来的纪录，去当作多忙的人的读物也未免有点太烦厌吧。

想要想像古昔普通人的心情，引起同情来，除了读小说之外，没有别的方法，就是我们一生里的事件，假如做成小说，那么或者有点希望使得后世的人知道，可是向来的小说都非奇拔不可，非有勇敢的努力的事迹不可。人爱他的妻子这种现象足平凡至极的。同别的道德不一样，也不要良心的指导，也不用什么修养或勉强。不，这简直便不是道德什么那样了不得的东西。的确，这感情是真诚的，是强的，但是因为太平常了，一点都不被人家所珍重。说这样的话，就是亲友也会要笑，所以虽然是男子，也要哭出来的大事件，几亿的故人都不曾在社会上留下一片纪录。虽说言语文章是人类的一大武器，却意外地有苛酷的用法的限制。若是同时代的邻人的关系，互相看着脸色，会得引起同情，这样使得交际更为亲密，但如隔了五百年或一千年，那就没有这希望了，只在名称上算是同国人，并不承认是有同样普通的人情的同样的人，就是这样用过情爱的小孩的再是小孩，也简直地把我们忘却了，或是把我们当作神佛看待，总之是不见得肯给我们同等待遇就是了。

假如有不朽这么一回事，我愿望将人的生活里最真率的东西做成不朽。我站在傍晚的院子里想着这样的事情。与人的寿命共从世间消灭的东西之中，有像这黄昏的花似的美的感情。自己也因为生活太忙，已经几乎把这也要忘怀了。

这里所说的虽是别一件事，即是古今千百年没有变更的父母爱子之情，但是惆怅还同上边一样，这是我所觉得最有意思的。柳田说古昔的传统的诗趣在今日都市生活里忽而断绝，下一代的国民就接受不着了事。又说平常人心情不被珍重纪录，言语文章的用法有苛酷的限制。这都包孕着深厚的意义，我对于这些话也都有同感。也有人看了可以说是旧话，但是我知道柳田对于儿童与农民的感情比得上任何人，他的同情与忧虑都是实在的，因此不时髦，却并不因此而失其真实与重要也。

十月廿七日

《曝背余谈》

从估客书包中得到一册笔记抄本，书名《曝背余谈》，凡二卷五十纸，题恒山属邑天慵生著。卷首有归愚斋主人鲍化鹏序，后有东垣王荣武跋，说明著者为藁城秦书田，余均不可详。又有一跋，盖是抄者手笔，惜跋文完而佚其末叶，年月姓名皆缺，但知其系王荣武族孙，又据抄本讳字推测当在道光年中耳。鲍序有云：

一日手一编授余，名曰《曝背余谈》，闲情之所寄也，或论古今人物，或究天地运会，或正名物之讹舛。或阐文章之奥妙，名章隽句，络绎间起，如行山阴道上应接不暇。

王跋云：

其间抒写性情。博核古今者十之六七，范模山水，评骘词章者十之三四，宏才俊思，郡人氏罕其匹也。

佚名跋中亦云：

卷分上下，约二万余言，其中闲情逸致，隽语名言，率皆未经人道，诚绩学之士，亦未易才也。

三君所言真实不虚，我也愿加入为第四人，共致赞辞。秦君系乾隆时人，然则此书流传下来至少已有百五六十年，不知何以终未刊行。编刻《燕赵丛书》者亦未能搜罗广去，真是很可惋惜的一件事。

《曝背余谈》里所收的都是短篇小文，看去平淡无奇，而其好处即在于此。普通笔记的内容总不出这几类：其一是卫道，无论谈道学或果报；其二是讲掌故，自朝政科名以至大官逸事；其三是谈艺，诗话与志异文均属之；其四是说自己的话。四者之中这末一类最少、最难得，他无论谈什么或谈得错不错，总有自己的见识与趣味，值得听他说一遍，与别三家的人云亦云迥不相同。秦书田的《余谈》我想可以算是这类笔记之一，虽然所见不一定怎么精深，却是通达平易。书上有眉批，对于著者颇能了解，系鲍化鹏笔。又有朱批署名於文叔，多所指摘，盖稍有学问而缺少见识者也，如卷上原文云：

李笠翁论花，于莲菊微有轩轾，以艺菊必百倍人力而始肥大也。余谓凡花皆可借以人力，而菊之一种止宜任其天然。

於文叔批云："李笠翁、金圣叹何足称引，以昔人代之可也。"即此可知其是正统派，要他破费工夫来看这一类文章，实在本来是很冤枉的也。

这两卷书里我觉得可喜的文章差不多就有三分之一，今只选抄数则于下：

魏武临卒，遗命贮歌妓铜雀台及分香卖履事，词语缠绵，情意悱恻，摘录之作儿女场中一段佳话，便自可人，正不必于为真为伪之间枉费推敲也。

人之欲学仙者，以仙家岁月悠长，远胜人间耳。世传王质遇仙看弈，一局甫更，已历数世。如彼所言，终天地之期自仙家当之不过一年。是仙家之岁月更促于人世，蝉蜕羽化不反为多事乎。

人谓元代以词曲取士，此相传之妄，实未尝有是也。乃有明至今，小试之文俨然花面登场，无丑不备，士人而俳优矣。世风至此，尚可问乎？使大临吕氏见之，当不知如何叹息痛恨矣。

齐宣王以文王囿七十里为问，其语甚痴，孟子答以刍荛雉兔云云，明说文王不特无七十里之囿，并无一里半里也。其奈宣王之不解何！其如后人之不解何！阎百诗先生必指地以实之，认蕉鹿为真有而按梦以求，不多事乎。

有女同车，无是女也。无是女而是女之容色气韵佩服白为描绘，而又自为赞叹，历历活现如在目前者，心老回惑，眼花撩乱，高唐洛神之蓝本也。

仓庚之至率以二三月，见之经书及前人诗赋者无不皆然，韦苏州以夏莺为残莺，（韦诗，残莺知夏浅。）陆放翁诗，山深四月始闻莺，盖异之也。今二三月杳无至者，四五月中始寥寥一见耳。古今之不同也如此，世岂无有心如康节其人者乎，书之以俟参考。或曰：“子北人也。西北地寒故后至，焉知南方之不如昔。”曰：“余所未至诚不知何如，然古今作诗赋者不尽南人，豳地尤属西北，是可征矣。”

鹎鵊，报晓鸟也，一名夏鸡，燕赵呼茶鸡，音之转也。迟明报晓，鸣声清婉可爱。十数年尚闻之，今亦不至。独鹤归何晚，昏鸦已满林，乃知清妙难得，不独人为然也。

元宵灯火不知起于何时，其发端创始之人殊乏玲珑之致。月之清光既受夺于灯火，灯火之艳发复见淡于月色，欲两利俱存，反致两贤相厄。是可乏利导之术乎，请移之中和，洗此笨气。（原注：唐中叶以正月晦日为中和节。）

在这几则里都可以看出著者的感情与思想，他没有什么很特异之处，只是找到一个平常的题目，似乎很随便地谈几句！所说的话也大抵浅近平易，可是又新鲜真实，因为这是他自己所感到、想到的，在这里便有一种价值。有些兴会上的话自然也不可太认真，如关于元宵批评得很对，不过要移到月底去却是行不通的事，盖元宵实在只是新年的一个掉尾，假如民间不能将新年的庆贺延长到整整一月，到得月末再来重起炉灶弄元宵，不特事实上有困难，恐怕实在也没有多大兴趣也。

《余谈》中还有几条小文，大都是流连光景的，却也值得一读，抄录于后：

桃花以种村落篱墙畦圃处为多，探之者必策蹇郊行始得其趣，笠翁之论妙矣，余无以易之而意与之别。彼之所重在真，吾之所重在远，梅红柳绿，正妙在远望处入画也。

春夏楼居，不惟免剥啄之烦，云霞宛宿檐端，竹巅木杪，晨昏与时鸟共语，亦白极仙人之乐也。

扫室焚香，读书之乐。吾谓室可勤扫，香可不焚。盖芸檀之属，气味原自重浊，何况加之以烟，茶药味美，用以相代。庶于亲贤远佞之意有合乎。

余性爱山，而所居无山，以云巘代之。每当夕阳雨后，信步原野，游目横空，会心独得，兴致淋漓，不减陶靖节篱下悠然时也。

这是全书的末一节，我读了很喜欢也很感动，他真是率真地将真心给人家看，我们读笔记多少册不容易遇见一则，即此可见其难得可贵矣。

廿六年三月十三日，在北平记

（附记）

梁清远著《雕丘杂录》卷十有一则云：

古今纪载理之所无者，莫如王质烂柯一事。失神仙之道欲其长生，正以日月悠长为可乐耳，乃一局棋便是人间数百年，数局棋便是人间数千年矣，由此言之，数万年不抵人间一两月，日月如是之速，神仙亦有何佳处耶。以此为寓言则可，以为实有此事，吾甚为神仙苦其短促也。

与上文学仙一节意相同，文亦有致。梁君亦是真定人，与天慵生是同乡，仿佛觉得滹南遗老的流泽尚不甚远也。

廿六年四月十八日，校阅时记

入厕读书

郝懿行著《晒书堂笔录》卷四有《入厕读书》一条云：

旧传有妇人笃奉佛经，虽入厕时亦讽诵不辍，后得善果而竟卒于厕，传以为戒。虽出释氏教人之言，未必可信，然亦足见污秽之区，非讽诵所宜也。《归田录》载钱思公言平生好读书，坐则读经史，卧则读小说，上厕则阅小词。谢希深亦言宋公垂每走厕必挟书以往，讽诵之声琅然闻于远近。余读而笑之，入厕脱裤，手又携卷，非惟太亵，亦苦甚忙，人即笃学，何至乃尔耶。至欧公谓希深言平生所作文章多在三上，乃马上、枕上、厕上也，盖惟此尤可以属思尔，此语却妙，妙在亲切不浮也。

郝君的文章写得很有意思，但是我稍有异议，因为我是颇赞成厕上看书的。小时候听祖父说，北京的跟班有一句口诀云："老爷吃饭快，小的拉矢快。"跟班的话里含有一种讨便宜的意思，恐怕也是事实。一个人上厕的时间本来难以一定，但总未必很短，而且这与吃饭不同，无论时间怎么短，总觉得这是白费的，想方法要来利用他一下。如吾乡老百姓上茅坑时多顺便喝一筒旱烟，或者有人在河沿石磴下淘米洗衣，或有人挑担走过，又可以高声谈话，说这米几个铜钱一升或是到什么地方去。读书，这无非是喝旱烟的意思罢了。

话虽如此，有些地方原来也只好喝旱烟，于读书是不大相宜的。上文所说浙江某处一带沿河的茅坑，是其一。从前在南京曾经寄寓在一个湖南朋友的书店里，这位朋友姓刘，我从赵伯先那边认识了他，那年有乡试，他在花牌楼附近开了一家书店，我患病住在学堂里很不舒服，他就叫我住到他那里去，替我煮药煮粥，招呼考相公卖书，暗地还要运动革命，他的精神实在是很可佩服的。我睡在柜台里面书架子的背后，吃药喝粥都在那里，可是便所却在门外，要走出店门，走过一两家门面，一块空地的墙根的垃圾堆上。到那地方去，我甚以为苦，这一半固然由于生病走不动，就是在康健时也总未必愿意去的，是其二。民国八年夏，我到日本日向去访友，住在一个名叫木城的山村里，那里的便所虽然同普通一样，上边有屋顶，周围有板壁门窗，但是他同住房离开有十来丈远，孤立田间，晚间要提了灯笼去，下雨还得撑伞，而那里雨又似乎特别多，我住了五天总有四天是下雨，是其三。末了是北京的那种茅厕，只有一个坑，两垛砖头，雨淋、风吹、日晒全不管。去年往定州访伏园，那里的茅厕是琉球式的，人在岸上，猪在坑中，猪“咕咕”地叫，不习惯的人难免要害怕，哪有工夫看什么书，是其四。《语林》云，“石崇厕有绛纱帐大床，茵蓐甚丽，两婢持锦香囊”，这又是太阔气了，也不适宜。其实我的意思是很简单的，只要有屋顶，有墙有窗有门，晚上可以点灯，没有电灯就点白蜡烛亦可，离住房不妨有二三十步，虽然也要用雨伞，好在北方不大下雨。如有这样的厕所，那么上厕时随意带本书去读读，我想倒还是吭啥的吧。

谷崎润一郎著《摄阳随笔》中有一篇《阴翳礼赞》，第二节说到日本建筑的厕所的好处。在京都奈良的寺院里，厕所都是旧式的，阴暗而扫除清洁，设在闻得到绿叶的气味、青苔的气味的草木丛中，与住房隔离，有板廊相通。蹲在这阴暗光线之中，受着微明的纸障的反射，耽于冥想，或望着窗外院中的景色，这种感觉真是说不出的好。他又说：

我重复地说，这里须得有某种程度的阴暗，彻底的清洁，连蚊子的呻吟声也听得清楚地寂静，都是必须的条件。我很喜欢在这样的厕所里听萧萧地下着的雨声。特别在关东的厕所，靠着地板装有细长的扫出尘土的小窗，所以那从屋檐或树叶上滴下来的雨点，洗了石灯笼的脚，润了砧脚石上的苔，幽幽地沁到土里去的雨声，更能够近身地听到。实在这厕所是宜于虫声，宜于鸟声，亦复宜于月夜，要赏识四季随时的物情之最相适的地方，恐怕古来的俳人曾从此处得到过无数的题材吧。这样看来，那么说日本建筑之中最是造得风流的是厕所，也没有什么不可。

谷崎压根儿是个诗人，所以说得那么好，或者也就有点华饰，不过这也只是在文字上，意思却是不错的。日本在近古的战国时代前后，文化的保存与创造差不多全在五山的寺院里，这使得风气一变，如由工笔的院画转为水墨的枯木竹石，建筑自然也是如此，而茶室为之代表，厕之风流化正其余波也。

佛教徒似乎对于厕所向来很是讲究。偶读大小乘戒律，觉得印度先贤十分周密地注意于人生各方面，非常佩服，即以入厕一事而论，后汉译《大比丘三千威仪》下列举“至舍后者有二十五事”，宋译《萨婆多部毗尼摩得勒伽》六自“云何下风”至“云何筹草”凡十三条，唐义净著《南海寄归内法传》二有第十八《便利之事》一章，都有详细的规定，有的是很严肃而幽默，读了忍不住五体投地。我们又看《水浒传》鲁智深做过菜头之后还可以升为净头，可见中国寺里在古时候也还是注意此事的。但是，至少在现今这总是不然了。民国十年，我在西山养过半年病，住在碧云寺的十方堂里，各处走到，不见略略像样的厕所，只如在《山中杂信》五所说：

> 我的行踪近来已经推广到东边的水泉。这地方确是还好，我于每天清早没有游客的时候去徜徉一会，赏鉴那山水之美。只可惜不大干净，路上很多气味——因为陈列着许多《本草》上的所谓人中黄。我想，中国真是一个奇妙的国，在那里，人们不容易得着营养料，也没有方法处置他们的排泄物。

在这种情形之下，中国寺院有普通厕所已经是大好了，想去找可以冥想或读书的地方如何可得。出家人那么拆烂污，难怪白衣矣。

但是假如有干净的厕所，上厕时看点书却还是可以的，想作文则可不必。书也无须分好经史子集，随便看看都成。我有一个常例，便是不拿善本或难懂的书去，虽然看文法书也是寻常。据我的经验，看随笔一类最好，顶不行的是小说。至于朗诵，我们现在不读八大家文，自然可以无须了。

十月

爆竹

旧历新年到来了，常常或远或近地听到炮仗，特别是鞭炮的声音，这使我很觉得喜欢。对于炮仗这件物事，在感情上我有过好些的变迁。最初小时候觉得高兴，因为它表示热闹的新年就要来了，虽然听了声响可怕，不敢走近旁边去。中年感觉它吵得讨厌，又去与迷信结合了想，对于辟邪与求福的民间的愿望表示反对，三十多年前在北京西山养病，看了英敛之的文章，有一个时候曾想借了一神教的力量来驱除多神教的迷信，这种驱狼引虎的思想真是十分可笑的。近来不好说老，但总之意见上有了改变，又觉得喜欢炮仗了，不但因为这声音很是阳气，有明朗的感觉，也觉得驱邪降福的思想并不坏，多神教的迷信还比一神教害处小，也更容易改革。

放烟火（或称为焰火）在各国多有这个风俗，至于炮仗，由鞭炮以至双响，似乎是中国所特有的。有欧洲人曾经说过幽默的话，中国人是最聪明的民族，发明了火药，只拿去做花炮，不曾用以杀人。这话说得有点滑稽，却是正确的。过去中国人在文化上有过许多发明；只是在武器方面却没有，史称造五兵的乃是蚩尤，可知中国古人虽是英勇，但用以却敌的正是敌人的兵器。

炮仗起源于“爆竹”，民间祀神的时候，拿竹枝来烧在火里，“劈拍”作响，据古书上说，目的是在于吓走独只脚的山魈。这种风俗在华东有些地方一直存在，若是使用大竹，那末竹节裂开来，一定声音更响了，不过个人的经验上不曾听到过。过去放炮仗的用意是逐鬼，普通说是敬神，乃是后起的变化，现在只是表示喜悦与庆祝，正是更进一步，最是正当的用处了。

现今的炮仗使用得确当，但是过去用于驱邪降福，虽然涉于迷信，我以为也未可厚非，因为这用意总是对的，不过手段错误罢了。驱邪降福，这是一切原始宗教的目的。英国一个希腊神话女学者曾扼要地说过：

> 宗教的冲动单只向着一个目的，即生命之保存与其发展。宗教用两种方法去达到这个目的，一是消极的，除去一切于生命有害的东西，一是积极的，招进一切于生命有利的东西。全世界的宗教仪式不出这两种，一是驱除的，一是招纳的。饥饿与无子是人生最重要的敌人，这个他要设法驱逐它。丰穰与多子是他最大的幸福，这是他所想要招进来的。

人类本有求生存与幸福的欲望，把这向着天空这便是迷信，若是向着地面看，计划在地上建起乐园来，那即是社会主义的初步了。中国老百姓希望能够安居乐业，过去搞过各种仪式祈求驱邪降福，结果都落了空，后来举起头来一看，面前便有一条平阳大道，可以走到目的地去，那么何乐而不走呢？敬神没有用了，做炮仗是中国固有技术之一，仍旧制作些出来，表示旧新年的快乐与热闹，岂不正是很适宜的事情么？

（1957 年 2 月发表）

谈鬼论

三年前我偶然写了两首打油诗，有一联云：“街头终日听谈鬼，窗下通年学画蛇。”有些老实的朋友见之哗然，以为此刻现在不去奉令喝道，却来谈鬼的故事，岂非没落之尤乎。这话说得似乎也有几分道理，可是也不能算对。盖诗原非招供，而敝诗又是打油诗也，滑稽之言，不能用了单纯的头脑去求解释。所谓鬼者，焉知不是鬼话，所谓蛇者，或者乃是蛇足，都可以讲得过去，若一一如字直说，那么真是一天十二小时站在十字街头听《聊斋》，一年三百六十五日坐在南窗下临《十七帖》，这种解释难免为姚首源所评为痴叔矣。

据《东坡事类》卷十二“神鬼类”引《癸辛杂志》序云：

> 坡翁喜客谈，其不能者强之说鬼，或辞无有，则曰：“姑妄言之。”闻者绝倒。

说者以为东坡晚年厌闻时事，强人说鬼，以鬼自晦者也。东坡的这件故事很有意思，是否以鬼自晦，觉得也颇难说，但是我并无此意则是自己最为清楚的。虽然打油诗的话未必即是东坡客之所说，虽然我亦未必如东坡之厌闻时事，但假如问是不是究竟喜欢听人说鬼呢，那么我答应说，是的。人家如要骂我，应该从现在骂起，因为我是明白地说出了，以前关于打油诗的话乃是真的或假的看不懂诗句之故也。

话虽如此，其实我是与鬼不大有什么情分的。

辽阳刘青园著《常谈》卷一中有一则云：

鬼神奇迹不止匹夫匹妇言之凿凿，士绅亦尝及之。惟余风尘斯世未能一见，殊不可解。或因才不足以为恶，故无鬼物侵陵，德不足以为善，亦无神灵呵护。平庸坦率，无所短长，眼界固宜如此。

金谿李登斋著《常谈丛录》卷六有《性不见鬼》一则云：

予生平未尝见鬼形，亦未尝闻鬼声，殆气禀不近于阴耶。记少时偕族人某宿鹅塘杨甥家祠堂内，两室相对，晨起某蹙然曰："昨夜鬼叫呜呜不已，声长而亮，甚可畏。"予谓是夜行者戏作呼啸耳，某曰："略不似人声，乌有寒夜更深奔走正苦而欢娱如是者，必鬼也。"予终不信。越数日，予甥杨集益秀才夫妇皆以暴病相继殁，是某所闻者果为世所传勾摄之走无常耶。然予与同堂隔室宿，殊不闻也。郡城内广寿寺前左有大宅，李玉渔庶子传熊故居也，相传其中多鬼，予尝馆寓于此，绝无所闻见。一日，李拔生大学偕客来同宿东房，晨起言夜闻鬼叫如鸭，声在壁后呀呷不已，客亦谓中夜拔生以足蹴使醒，听之果有声，拥被起坐，静察之，非虫非鸟，确是鬼鸣。然予亦与之同堂隔室宿，竟寂然不闻，询诸生徒六七人，悉无闻者，用是亦不深信。拔生因述往岁曾以讼事寓此者半年，每至交夜则后堂啼叫声，或如人行步声，器物门壁震响声，无夕不有，甚或若狂恣猖披几难言状。然予居此两载，迄无闻见，且连年夏中俱病甚，恒不安寐，宵深每强出卧堂中炕座上，视广庭月色将尽升檐际，乃复归室，其时旁无一人，亦竟毫无影响。诸小说家所称鬼物，虽同地同时而闻见各异者甚多，岂不有所以异者耶。若予之强顽，或鬼亦不欲与相接于耳目耶。不近阴之说尚未必其的然也。

李书有道光二十八年序，刘书记有道光十八年事，盖时代相同，书名又均称“常谈”，其不见鬼的性格也相似，可谓巧合。予生也晚，晚于刘、李二君总将一百年吧，而秉性愚拙，不能活见鬼，因得附骥尾而成鼎足，殊为光荣之至。小时候读《聊斋》等志异书，特别是《夜谈随录》的影响最大，后来脑子里永远留下了一块恐怖的黑影，但是我是相信神灭论的，也没有领教过鬼的尊容或其玉音，所以鬼之于我可以说是完全无缘的了。——听说十王殿上有一块匾，文曰：“你也来了！”这个我想是对那怙恶不悛的人说的。

纪晓岚著《滦阳消夏录》卷四有一条云：

边随园征君言，有入冥者，见一老儒立庑下，意甚惶遽。一冥吏似是其故人，揖与寒温毕，拱手对之笑曰：“先生平日持无鬼论，不知先生今日果是何物。”诸鬼皆粲然，老儒猬缩而已。

《阅微草堂笔记》多设词嘲笑老儒或道学家，颇多快意，此亦其一例，唯因不喜程、朱而并恶无鬼论原是讲不通，于不佞自更无关系，盖不佞非老、儒之比，即是死后也总不会变鬼者也。

这样说来，我之与鬼没有什么情分是很显然的了，那么大可干脆分手了事。不过情分虽然没有，兴趣却是有的，所以不信鬼而仍无妨喜说鬼，我觉得这不是不合理的事。我对于鬼的故事有两种立场不同的爱好。一是文艺的，一是历史的。关于第一点，我所要求的是一篇好故事，意思并不要十分新奇，结构也无须怎么复杂，可是文章要写得好，简洁而有力。其内容本来并不以鬼为限，自宇宙以至苍蝇都可以，而鬼自然也就是其中之一。其体裁是，我觉得志怪比传奇为佳，举个例来说，与其取《聊斋志异》的长篇，还不如《阅微草堂笔记》的小文，只可惜这里也绝少可以中选的文章，因为里边如有了世道人心的用意，在我便当作是值得红勒帛的一个大瑕疵了，四十年前读段柯古的《酉阳杂俎》，心甚喜之，至今不变，段君诚不愧为三十六之一，所写散文多可读。《诺皋记》卷中有一则云：

临川郡南城县令戴詧初买宅于馆娃坊，暇日与弟闲坐厅中，忽听妇人聚笑声或近或远，詧颇异之。笑声渐近，忽见妇人数十散在厅前，倏忽不见，如是累日，詧不知所为。厅阶前枯梨树大合抱，意其为祥，因伐之。根下有石露如块，掘之转阔，势如鏊形，乃火上沃醯，凿深五六尺不透。忽见妇人绕坑抵掌大笑，有顷共牵詧入坑，投于石上，一家惊惧之际，妇人复还大笑，詧亦随出。詧才出，又失其弟，家人恸哭，詧独不哭曰：“他亦甚快活，何用哭也。”詧至死不肯言其情状。

此外，如举人孟不疑，独孤叔牙，虞侯景乙，宣平坊卖油人各条，亦均有意趣。盖古人志怪即以此为目的，后人则以此为手段，优劣之分即见于此，虽文词美富，叙述曲折，勉为时世小说面目，亦无益也。其实宗旨信仰在古人似亦无碍于事，如佛经中不乏可喜的故事短文，近读梁宝唱和尚所编《经律异相》五十卷，常作是想，后之作者气度浅陋，便难追及，只缘面目可憎，以致语言亦复无味，不然单以文字论，则此辈士大夫岂不绰绰然有余裕哉。

第二所谓历史的，再明了地说即是民俗学上的兴味。关于这一点我曾经说及几次，如在《河水鬼》《鬼的生长》《说鬼》诸文中，都讲过一点儿。《鬼的生长》中云：

我不信鬼，而喜欢知道鬼的事情，此是一大矛盾也。虽然，我不信人死为鬼，却相信鬼后有人，我不懂什么是二气之良能，但鬼为生人喜惧愿望之投影则当不谬也。陶公千古旷达人，其《归园田居》云："人生似幻化，终当归空无。"《神释》云："应尽便须尽，无复更多虑。"在《拟挽歌辞》中则云："欲语口无音，欲视眼无光，昔在高堂寝，今宿荒草乡。"陶公于生死岂尚有迷恋，其如此说于文词上固亦大有情致，但以生前的感觉推想死后况味，正亦人情之常，出于自然者也。常人更执着于生存，对于自己及所亲之翳然而灭，不能信亦不愿信其灭也，故种种设想，以为必继续存在，其存在之状况则因人民地方以至各自的好恶而稍稍殊异，无所作为而自然流露，我们听人说鬼实即等于听其谈心矣。（廿三年四月）

这是因读《望杏楼志痛编补》而写的，故就所亲立论，原始的鬼的思想之起源当然不全如此，盖由于恐怖者多而情意为少也。又在《说鬼》中云：

我们喜欢知道鬼的情状与生活，从文献、从风俗上各方面去搜求，为的可以了解一点平常不易知道的人情，换句话说就是为了鬼里边的人。反过来说，则人间的鬼怪伎俩也值得注意，为的可以认识人里边的鬼吧。我的打油诗云："街头终日听谈鬼，大为志士所诃。"我却总是不管，觉得那鬼是怪有趣的物事，舍不得不谈，不过诗中所谈的是哪一种，现在且不必说。至于上边所讲的显然是老牌的鬼，其研究属于民俗学的范围，不是讲玩笑的事，我想假如有人决心去作"死后的生活"的研究，实是学术界上破天荒的工作，很值得称赞的。英国茀来则博士（J. G. Frazer）有一部大书，专述各民族对于死者之恐怖，现在如只以中国为限，却将鬼的生活详细地写出，虽然是极浩繁困难的工作，值得当博士学位的论文，但亦极有趣味与实益，盖此等处反可以见中国民族的真心实意，比空口叫喊固有道德如何的好还要可凭信也。（廿四年十一月）

照这样去看，那么凡一切关于鬼的，无不是好资料，即上边被骂为面目可憎、语言无味的那些亦都在内，别无好处可取，而说者的心思毕露，所谓如见其肺肝然也。此事当然需要专门的整理，我们外行人随喜涉猎，略就小事项少材料加以参证，稍见异同，亦是有意思的事。如眼能见鬼者所说，俞少轩的《高辛砚斋杂著》第五则云：

黄铁如者名楷，能文，善视鬼，并知鬼事。据云，每至人家，见其鬼香灰色则平安无事，如有将落之家，则鬼多淡黄色。又云，鬼长不过二尺余，如鬼能修善则日长，可与人等，或为淫厉，渐短渐火，至有仅存二眼旋转地上者。亦奇矣。

王小穀的《重论文斋笔录》卷二中有数则云：

曾记族朴存兄淳言，（兄眼能见鬼，凡黑夜往来，俱不用灯。）凡鬼皆依附墙壁而行，不能破空，疫鬼亦然，每遇墙壁必如蚓却行而后能入。常鬼如一团黑气，不辨面目，其有面目而能破空者，则是厉鬼，须急避之。

兄又言，鬼最畏风，遇风则牢握草木蹲伏不敢动。

兄又云，《左传》言，故鬼小新鬼大，其说确不可易，至溺死之鬼则新小而故大，其鬼亦能登岩，逼视之如烟云消灭者，此新鬼也。故鬼形如槁木，见人则跃入水中，水有声而不散，故无圆晕。

纪晓岚的《滦阳消夏录》卷二云：

扬州罗两峰目能视鬼，曰凡有人处皆有鬼。其横亡厉鬼多年沉滞者，率在幽房空宅中，是不可近，近则为害。其憧憧往来之鬼，午前阳盛多在墙阴，午后阴盛则四散游行，可穿壁而过，不由门户，遇人则避路，畏阳气也，是随处有之，不为害。又曰，鬼所聚集，恒在人烟密簇处，僻地旷野所见殊希。喜围绕厨灶，似欲近食气，又喜入溷厕，则莫明其故，或取人迹罕到耶。

罗两峰是袁子才的门人，想随园著作中必有说及其能见鬼事，今不及翻检，但就上文所引，也可见一斑了。其所说有异同处最是好玩，盖说者大抵是读书人，所依据的与其说是所见毋宁是其所信，这就是一种理，因为鬼总是阴气，所以甲派如王朴存说鬼每遇墙壁必如蚓却行而后能入，盖以其为阴，而乙派如罗两峰则云鬼可穿壁而过，殆以其为气也。其相同之点转觉无甚意思，殆因说理一致，或出于因袭，亦未可知。如纪晓岚的《如是我闻》卷三记柯禺峰遇鬼事，有云：

睡至夜半，闻东室有声如鸭鸣，怪而谛视。时明月满窗，见黑烟一道从东室门隙出，着地而行，长丈余，蜿蜒如巨蟒，其首乃一女子，鬟鬓俨然，昂首仰视，盘旋地上，作鸭鸣不止。

又《槐西杂志》卷四记一奴子妇为狐所媚，每来必换一形，岁余无一重复者，末云：

其尤怪者，妇小姑偶入其室，突遇狐出，一跃即逝。小姑所见是方巾道袍人，白须鬖鬖，妇所见则黯黑垢腻一卖煤人耳。同时异状，更不可思议。

此两则与《常谈丛录》所说李拔生夜闻鬼叫如鸭，又鬼物同时同地而闻见各异语均相合，则恐是雷同，当是说鬼的传统之一点滴，但在研究者却殊有价值耳。罗两峰所画《鬼趣图》很有名，近年有正书局有复印本，得以一见，乃所见不逮所闻远甚。图才八幅，而名人题咏有八十通，可谓巨观，其实图也不过是普通的文人画罢了，较《玉历钞传》稍少匠气，其鬼味与谐趣盖犹不及吾乡的大戏与目连戏，倘说此是目击者的描写，则鬼世界之繁华不及人间多多矣。——这回《论语》社发刊鬼的故事专号，不远千里征文及于不佞，重违尊命，勉写小文，略述谈鬼的浅见，重读一过，缺乏鬼味谐趣，比罗君尤甚，既无补于鬼学，亦不足以充鬼话，而犹妄评昔贤，岂不将为九泉之下所抵掌大笑耶。

廿五年六月十一日，于北平之智堂

古董小记

从前偶然作了两首打油诗，其中有一句云“老去无端玩古董”，有些朋友便真以为我有些好古董，或者还说有古玩一架之多。我自己也有点不大相信了，在苦雨斋里仔细一查，果然西南角上有一个书橱，架上放着好些——玩意儿。这书橱的格子窄而且深，全厨宽只一公尺三五，却分作三份，每份六格，每格深二三公分，放了“四六判”的书本以外大抵还可空余八公分，这点地方我就利用了来陈列小小的玩具。这总计起来有二十四件，现在列记于下。

一、竹制黑猫一，高七公分，宽三公分。竹制龙舟一，高八公分，长七公分，是一个友人从长崎买来送我的。竹、木制香炉各一，大的高十公分，小者六公分，都从东安市场南门内摊上买来。

二、土木制偶人共九，均日本新制，有雏人形，博多人形，仿御所人形各种，有“暂”“鸟边山”“道成寺”各景，高自三至十六公分。松竹梅土制白公鸡一，高三公分。

三、面人三，隆福寺街某氏所制，魁星高六公分，孟浩然连所跨毛驴共高四公分，长眉大仙高四公分，孟浩然后有小童杖头挑壶卢随行，后有石壁，外加玻璃盒，价共四角。搁在斋头已将一年，面人幸各无恙，即大仙细如蛛丝的白眉亦尚如故，真可谓难得也。

四、陶制舟一，高六公分，长十二公分，底有印曰：一休庵。篷作草苫，可以除去，其中可装柳木小剔牙签，船头列珊瑚一把，盖系“宝船”也。又贝壳舟一，像舟人着蓑笠持篙立筏上，以八棱牙贝九个，三贝相套为一列，三列成筏。以瓦楞子作蓑，梅花贝作笠，黄核贝作舟人的身子，篙乃竹枝。今年八月游江之岛，以十五钱买得之，虽不及在小凑所买贝人形“挑水”之佳，却也别有风致，盖挑水似艳丽的人物画，而此船则是水墨山水中景物也。

五、古明器四，碓、灶、猪、人各一也。碓高二公分，宽四公分，长十三公分。灶高八公分半，宽九公分。猪高五公分，长十一公分。人高十二公分。大抵都是唐代制品，在洛阳出土的。又自制陶器花瓶一，高八公分，中径八公分，上下均稍小，题字曰：忍过事堪喜，甲戌八月十日在江之岛书杜牧之句制此，知堂。底长方格内文曰：苦茶庵自用品。其实这是在江之岛对岸的片濑所制，在素坯上以破笔蘸蓝写字，当场现烧，价二十钱也。

六、方铜镜一，高广各十一公分，背有正书铭十六字，文曰：既虚其中，亦方其外，一尘不染，万物皆备。其下一长方印，篆文曰：薛晋侯造。

总算起来，只有明器和这镜可以说是古董。薛晋侯镜之外还有一面，虽然没有放在这一起，也是我所喜欢的。镜作葵花八瓣形，直径宽处十一公分半，中央有长方格，铭两行曰：湖州石十五郎炼铜照子。明器自罗振玉的《图录》后已著于录，薛石的镜子更是文献足征了。

汪曰桢《湖雅》卷九云：

《乌程刘志》：湖之薛镜驰名。薛，杭人而业于湖，以磨镜必用湖水为佳。案：薛，名晋侯，字惠公，明人，向时称薛惠公老店，在府治南宣化坊。

又云：

《西吴枝乘》：镜以吴兴为良，其水清洌能发光也。予在婺源购得一镜，水银血斑满面，开之止半面，光如上弦之月。背铸字两行云：湖州石十三郎自照青铜监子。十二字，乃唐宋殉葬之物也。镜以监子名，甚奇。案：宋人避敬字嫌名，改镜曰照子，亦曰鉴子，监即鉴之省文，何足为异。此必宋制，与唐无涉，且明云自照，乃生时所用，亦非殉葬物也。

梁廷枏《藤花亭镜谱》卷四亦已录有石氏制镜，文曰：

南唐石十姐镜：葵花六瓣，全体平素，右作方格而中分之，识分两行，凡十有二字，正书，曰：湖州石十姐摹练铜作此照子。予尝见姚雪逸司马衡藏一器，有柄，识曰：湖州石念二叔照子。又见两拓本，一云，湖州石十五郎炼铜照子，一云，湖州石十四郎作照子，并与此大同小异，此云十姐，则石氏兄弟姊妹咸擅此技矣。云照子者亦唯石氏有之，古不过称鉴、称镜而已。石氏，南唐人，据姚司马考之如此。

南唐人本无避宋讳之理。且湖州在宋前也属于吴越，不属南唐，梁氏自己亦以为疑，但深信姚司马考据必有所本，定为南唐，未免是千虑一失了。

但是我总还不很明白古董究竟应该具什么条件。据说古董原来只是说古器物，那么凡是古时的器物便都是的，虽然这时间的问题也还有点麻烦。例如巨鹿出土的宋大观年代的器物当然可以算作古董了，那些陶器大家都知宝藏，然而午门楼上的板桌和板椅真是历史上的很好材料，却总没法去放在书房里做装饰，固然难找得第二副，就是想放也是枉然。由此看来，古器物中显然可以分两部分，一是古物，二仍是古物，但较小而可玩者，因此就常被称为古玩者是也。镜与明器大抵可以列入古玩之部罢，其余那些玩物，可玩而不古，那么当然难以冒扳华宗了。古玩的趣味，在普通玩物之上又加上几种分子。其一是古。古的好处何在，各人说法不同，要看他是哪一类的人。假如这是宗教家派的复古家，古之所以可贵者，便因其与理想的天国相近。假如这是科学家派的考古家，他便觉得高兴，能够在这些遗物上窥见古时生活的一瞥。不佞并不敢自附于哪一派，如所愿则还在那别无高古的理想与热烈的情感的第二种人。我们看了宋明的镜子未必推测古美人的梳头匀面，“颇涉遐想”，但借此知道那时照影用的是有这一种式样，就得满足，于形色花样之外又增加一点兴味罢了。再说古玩的价值其二是稀。物以稀为贵，现存的店铺还要标明只此一家以见其名贵，何况古物，书夸孤本，正是应该。不过在这一点上我不甚赞同，因为我所有的都是常有多有的货色，大抵到每一个古董摊头去一张望，即可发见有类似品的。此外或者还可添加一条，其三是贵。稀则必贵，此一理也。贵则必好，大官富贾买古物如金刚宝石然，此又一理也。若不佞则无从措辞矣，赞成乎？无钱，反对乎？殆若酸蒲桃。总而言之，我所有的虽也难说贱却也绝不贵。明器在国初几乎满街皆是，一个一只洋耳，镜则都在绍兴从大坊口至三埭街一带地方得来，在铜店柜头杂置旧锁钥匙小件铜器的匣中检出，价约四角至六角之谱，其为我买来而不至被烊改作铜火炉者，盖偶然也。然亦有较贵者，小偷阿桂携来一镜，背作月宫图，以一元买得，此镜《藤花亭谱》亦著录，定为唐制，但今已失去。

玩古董者应具何种条件？此亦一问题也。或曰，其人应极旧，如是则表里统一，可以养性。或曰，其人须极新，如是则世间谅解，可以免骂。此二说恐怕都有道理，不佞不能速断。但是，如果二说成立其一，于不佞皆大不利，无此资格而玩古董，不佞亦自知其不可矣。

二十三年十月

买墨小记

我的买墨是压根儿不足道的。不但不曾见过邵格之，连吴天章也都没有，怎么够得上说墨，我只是买一点儿来用用罢了。我写字多用毛笔，这也是我落伍之一，但是习惯了不能改，只好就用下去，而毛笔非墨不可，又只得买墨。本来墨汁是最方便也最经济的，可是胶太重，不知道用的什么烟，难保没有“化学”的东西，写在纸上常要发青，写稿不打紧，想要稍保存的就很不合适了。买一锭半两的旧墨，磨来磨去也可以用上一个年头，古人有言，非人磨墨墨磨人，似乎感慨系之，我只引来表明墨也很经用，并不怎么不上算而已。

买墨为的是用，那么一年买一两半两就够了。这话原是不错的，事实上却不容易照办，因为多买一两块留着玩玩也是人情之常。据闲人先生在《谈用墨》中说：“油烟墨自光绪五年以前皆可用。”凌宴池先生的《清墨说略》曰：“墨至光绪二十年，或曰十五年，可谓遭亘古未有之浩劫，盖其时矿质之洋烟输入……墨法遂不可复问。”所以从实用上说，“光绪中叶”以前的制品大抵就够我们常人之用了，实在我买的也不过光绪至道光的，去年买到几块道光乙未年的墨，整整是一百年，磨了也很细黑，觉得颇喜欢，至于乾嘉诸老，还未敢请教也。这样说来，墨又有什么可玩的呢？道光以后的墨，其字画雕刻去古益远，殆无可观也已，我这里说玩玩者乃是别一方面，大概不在物而在人，亦不在工人而在主人，去墨本身已甚远而近于收藏名人之著书矣。

我的墨里最可记念的是两块“曲园先生著书之墨”，这是民廿三春间我作那首“且到寒斋吃苦茶”的打油诗的时候平伯送给我的。墨的又一面是“春在堂”三字，印文曰：程氏掬庄，边款曰：光绪丁酉仲春鞠庄精选清烟。

其次是一块圆顶碑式的松烟墨，连款曰：鉴莹斋珍藏。正面篆文一行云：同治九年正月初吉；背文云：绩溪胡甘伯会稽赵撝叔校经之墨，分两行写，为赵手笔。赵君在《谪麟堂遗集》叙目中云：“岁在辛未，余方入都居同岁生胡甘伯寓屋。”即同治十年，至次年壬申而甘伯死矣。赵君有从弟为余表兄，乡俗亦称亲戚，余生也晚，乃不及见。小时候听祖父常骂赵益甫，与李莼客在日记所骂相似，盖诸公性情有相似处故反相克也。

近日得一半两墨，形状凡近，两面花边作木器纹，题曰：会稽扁舟子著书之墨；背曰：徽州胡开文选烟；边款云：光绪七年。扁舟子即范寅，著有《越谚》共五卷，今行于世。其《事言日记》第三册中光绪四年戊寅纪事云：

元旦，辛亥。巳初书红，试新模扁舟子著书之墨，甚坚细而佳，惟新而腻，须俟三年后用之。

盖即与此同型，唯此乃后年所制者耳。日记中又有丁丑十二月初八日条曰：

陈槐亭曰，前月朔日营务处朱懋勋方伯明亮国省言，禹庙有联系范某撰书并跋者，梅中丞见而赞之，朱方伯保举范某能造轮船，中丞嘱起稿云云，子有禹庙联乎，果能造轮船乎？应曰，皆是也。

范君用水车法以轮进舟，而须多人脚踏，其后仍改用篙橹，甲午前后曾在范君宅后河中见之，盖已与普通的“四明瓦”无异矣。

前所云一百年墨共有八锭，篆文曰：墨缘堂书画墨；背曰：蔡友石珍藏；边款云：道光乙未年汪近圣造。又一枚稍小，篆文相同；背文两行曰：一点如漆，百年如石；下云：友石清赏；边款云：道光乙未年三月。

甘实庵《白下琐言》卷三云：

蔡友石太仆世松精鉴别，收藏尤富，归养家居，以书画自娱，与人评论娓娓不倦。所藏名人墨迹，钩摹上石，为墨缘堂帖，真信而好古矣。

此外在《金陵词钞》中见有词几首，关于蔡友石所知有限，今看见此墨却便觉得非陌生人，仿佛有一种缘分也。

货布墨五枚，形与文均如之；背文二行曰：斋谷山人属胡开文仿古；边款云：光绪癸巳年春日。此墨甚寻常，只因是刻《习苦斋画絮》的惠年所造，故记之。又有墨二枚，无文字，唯上方横行五字曰：云龙旧袖制。据云亦是惠菱舫也。

又墨四锭，一面双鱼纹，中央篆书曰：大吉昌宜侯王；背作桥上望月图，题曰：湖桥乡思；两侧隶书曰：故乡亲友劳相忆，丸作隃麋当尺鳞。仲仪所贻，苍珮室制。疑是谭复堂所作。案：谭君曾宦游安徽，事或可能，但体制凡近，亦未敢定也。

墨缘堂墨有好几块，所以磨了来用，别的虽然较新，却舍不得磨，只是放着看看而已。从前有人说买不起古董，得货布及龟鹤齐寿钱，制作精好，可以当作小铜器看，我也曾这样做，又搜集过三五古砖，算是小石刻。这些墨原非佳品，总也可以当墨玩了，何况多是先哲乡贤的手泽，岂非很好的小古董乎。我前作《古董小记》，今更写此，作为补遗焉。

廿五年二月十五日，于北平苦茶庵中

野草的俗名

《绿督庐日记抄》卷十三，光绪丁未四月下云：

初七日，往返田塍，见野花，指问村人。野木犀枝叶花朵皆如桂，但白色。墙上有藤下垂如金银花，亦白色，土人谓之石沿藤花。又有小红花，瓣如障扇形，土人名山荷花浪。此皆土俗语，若欲考其名义，须检《尔雅》本经。

叶鞠裳好古，故尊信《尔雅》《本草》，但土俗语亦自佳，即古书中名义多自俗名出，注疏家亦多征引，若郝兰皋的《尔雅义疏》最为显著，不佞亦正以此益喜之也。

毛子晋著《毛诗陆疏广要》，疏解颇详，后刻入《青照堂丛书》中，有李时斋批语常引俗名，在“采采芣苡”条云：

车前以多生道旁故名，吾乡人或名猪耳。叶断之有丝，小儿或呼为老婆绩线。

此于经说或博物学上不知价值若何，却是民俗专业的好资料，可以见平民或儿童心理，不单是存方言而已。范啸风著《越谚》卷中记名物，《花草》项下有绍兴土俗名数条，稍为增补注释，共得八则。

一 臭婆娘

臭婆娘，《越谚》注云：

其子细，其气臭，善惹人衣。《留青日札》名曰夫娘子，实即《尔雅》所谓薦荸窃衣耳。越呼是名。

钱沃臣《蓬岛樵歌》续编注云：

《留青日札》，草子甚细，其气臭恶，善惹人衣者，名曰夫娘子。南方谓妇人无行者曰夫娘，盖言其臭恶善惹人者。案：即《尔雅》薦荸窃衣，俗曰臭花娘草。

钱君为象山人，可知宁绍方言相同也。

郝兰皋《尔雅义疏》下一“窃衣”注云：

今按此草高一二尺，叶作桠缺，茎头攒蔟，状如瞿麦，黄蕊蓬茸，即其华敷，粘着人衣不能解也。

《本草》似未著录。日本中勘助著小说《银茶匙》前篇四十三叙岩桥至丛莽中采取狗虱，撒人衣发上，盖即此物，亦是土俗名，字书上无考，平常只如字解作狗身上虱，此殆以形似而借用也。

二　官司草

官司草，《越谚》作官私草，注云：“有茎而韧，孩童争胜为戏。”案：此即是车前，如苏颂所云，春初生苗，叶布地如匙面，中抽数茎作长穗如鼠尾，花甚细密，青色微赤。儿童拔其茎，对折相套，用力拉之，断者为输，盖是斗草之戏也。俗称诉讼为打官司，故有此名，“官私”疑误。

尤西堂著《艮斋续说》卷七云：

> 《芣苢》序曰：后妃之美也，和平则妇人乐有子矣。传曰：文王之时万名和乐，儿童歌谣。申公亦谓童儿斗草嬉戏歌谣之词。今急口读之，其声甚似。

《诗传》《诗说》原系丰道生伪作，但斗草之说亦颇可喜，姚首源在《通论》中大加以嘲笑，未免以人废言矣。

日本寺岛良安编《和汉三才图会》卷九十四有“角牴草”一项，注云：

> 案：角牴草，原野湿地有之，叶布地丛生，微扁，似石菖而色浅。秋起茎，顶作穗青白色，可有细子而不见。其茎扁强健，长六七寸，

小儿取茎绾穗结如钱襁，而用二个，一插其结处，两人持茎相引而断者为输以戏，因此草俗名相扑草。

看图盖是莎草类，儿童游戏用法相同，故名亦相类，在中国不知何名也。《和汉三才图会》原用汉文，今仍其旧，唯一二费解处，稍为修改。

三　黄狗尾巴

黄狗尾巴，《越谚》无注。《尔雅义疏》下一“稂童粱”下引《郑志》:

韦曜问云:“《甫田》给莠今何草？”答曰:“今之狗尾也。”

《本草纲目》卷十六“狗尾草”下，时珍曰:

莠草秀而不实，故字从秀，穗形像狗尾，故俗名狗尾。

《和汉三才图会》注云:

案：狗尾草原野多有之，小儿用之钩蛙为戏者。

在中国不闻有此游戏，但小儿亦喜采取玩弄耳。

四 碰鼻头草

碰鼻头草，《越谚》“洴洊头草”注云：“似莼。”

《本草纲目》卷十九“莕菜”下，时珍曰：

> 莕与莼，一类二种也，并根连水底，叶浮水上，其叶似马蹄而圆者，莼也；叶似莼而微尖长者，莕也。夏日俱开黄花，亦有白花者。

这里所谓碰鼻头草，盖是莕而非莼。越中多水，城内道路几乎水陆并行，乡下则河港尤阔大，交通必赖舟楫，人民对于水里的东西自然特别感兴趣。如坐“躅桨船”——《越谚》卷中注云：“小而快，用脚踏桨，桨在后，躅从《荀子·礼论篇》注。”案：“躅”字无可注音，当读如绍兴音弱。——中，进村间小溇，见两岸碧叶贴水，间开黄白小花，随便桨波而上下，便知俗名之妙，老百姓非全无幽默者也。《诗经·周南》云：“参差荇菜，左右流之。”仿佛亦有此意，此固非如范啸风所谓今之闭户攻八股者所能领会者也。

五 老弗大

查旧日记，有一切讲到老弗大，时为光绪己亥（1899）十月十六日，其文云：

> 午至乌石头墓所，拔老弗大约三四十株。此越中俗名也，即平地

木，以其不长故名，高仅二三寸，叶如栗，子鲜红可爱，过冬不凋，乌石极多，他处亦有之。性喜阴，不宜肥，种之墙阴背日处则明岁极茂，或天竹下亦佳，须不见日而有雨露处为妙。

陈淏子著《秘传花镜》卷三《花木类考》中《平地木》一则云：

平地木高不盈尺，叶似桂深绿色，夏初开粉红细花，结实似南天竹子，至冬大红，子下缀可观。其托根多在瓯兰之傍，虎茨之下，及岩壑幽深处。二三月分栽，乃点缀盆景必需之物也。

越中此草很常见，分栽易茂，北方似无有，唯在日本亦有之，俗名薮柑子，或写汉名紫金牛，为植物学的一科名。

杉木唯三著《植物和汉异名辞林》在薮柑子下亦收录平地木一名，而知者盖鲜，日本译《呐喊》序文中有“结子平地木”一语，译注云：

内蒙古克什克腾旗西南的围场称平地松林，平地木殆其地所出产耶。

此则舍近求远，未免徒劳而无功也。

六　天荷叶

《本草纲目》卷二十“虎耳草”下，时珍曰：

虎耳草生阴湿处，人亦栽于石山上，茎高五六寸，有细毛，一茎一叶如荷盖状，人呼为石荷叶，叶大如钱，状似初生小葵叶及虎之耳形，夏开小花淡红色。

《花镜》卷四《藤蔓类考》云：

虎耳，一名石荷叶，俗名金丝草。其叶类荷钱，而有红白丝缭其上，三四月间开小白花。春初栽于花砌石罅，背阴高处，常以河水浇之，则有红丝延蔓遍地，丝末生苗，最易繁茂，但见日失水，便无生理矣。

此节所说最得要领，盖叶上红白丝与红丝延蔓俱是天荷叶的特色。小时候对于此草觉得有兴趣即在此诸点，西湖花隐翁亦注意及此，这是很有意思的事。

七　牌草

《本草纲目》卷二十“石韦”下，时珍曰：

多生阴崖险罅处，其叶长者近尺，阔寸余，柔韧如皮，背有黄毛，亦有金星者，名金星草。叶凌冬不凋。

又“金星草”下，引掌禹锡云：

喜生背阴石上净处及竹箐中少日色处，或生大木下及背阴古瓦屋上，初出深绿色，叶长一二尺，至深冬背生黄星点子，两两相对，色如金，因得金星之名。

越中所见叶只长一二寸，黄星亦两两相对，因形似骨牌，故得是名，俗传如能收集三十二张成一副，便是神药，可治虚损，服法已记不清，大抵是炖老鸭吃吧。

陈伯雨著《金陵物产风土志》中云：

钟山多药材，有骨牌草者，点肖其牌，云能治劳瘵，《本草》所未载也。

即是此草，《本草》中曾载着，但云主治疮毒为异耳。

梁茝林著《浪迹续谈》卷五有《骨牌草》一则云：

骨牌之戏自宋有之，宣和谱以三牌为率，凡六面，即骰子之变也。近时天九之戏见于明潘之恒《续叶子谱》，云近丛睦好事家变此牌为三十二叶，可执而行，则即今骨牌碰湖之滥觞也。今张氏如园中有骨牌草，春深时丛生各地，草叶狭而长，其叶尾各有点子浮起，略似骨牌之式，天牌及地牌最多，唯虎头略少。余在扬州时即闻有此草，佥言若得三十二叶，点子皆全者，可治血证，而实未曾目见此草，今乃于如园中亲手摘视，未知先有此草而后有骨牌，抑先有骨牌而后生此草，不可得而详矣。

案：金星草已见于《嘉祐本草》，又《益部方物略记》中亦载，可知宋时已入药，唯骨牌草之名则当起于近代耳。掌禹锡称其叶长一二尺，宋子京赞亦云“长叶丛生”，盖是生在阴崖深菁中者，昔在故园所见都在木樨枝间，故颇短小，或是变种也。

八　咸酸草

《本草纲目》卷二十“酢浆草”下，时珍曰：

苗高一二寸，丛生布地，极易繁衍，一枝三叶，一叶两片，至晚自合帖，整整如一。四月开小黄花，结小角，长一二分，内有细子。

苏颂曰：“初生时小儿喜食之。”案：此所说均合，小儿摘叶食之，味微酸，故名。小野兰山著《本草纲目启蒙》卷十六引《闽书》，亦云咸酸草，与越中同。

此外本来还有两三种植物要说，今姑从略。上面我所记的只是物名，加了古书稍加注释，表示对于土俗语的兴味之一斑而已，这在方言与民俗学上的意义未曾有所说明。

柳田国男在所述《民间传承论》第八章《言语艺术》中有关于动植物俗名的几段话，都说得极好，今摘译其植物名一部分于下：

鸭头草的方言实在很多，有叫作染坊的老奶奶或染店客人者，这就把新造此语的时代也指示给我们了。染坊职业化了，普及于国内，在足利时代之末，江户前其顷，村人看了这花的蓝色，便去与新近印象很深的染坊联结起来，其定名的时代差不多就可推知了。曼珠沙华（案：即石蒜，越中称蟑螂花）也有种种名字，因为在彼岸（案：即春、秋分前后各三日，共七日称彼岸）时分开花，故称为彼岸花，或远望其形状而定名的，曰狐花，又因触着感觉疼痛而曰烂手，曰保世花，也是好玩的名字。保世留者，四国之方言意云使热辣辣地痛也。又有地方嫌恶此花，称之曰死人花，或则因其开在水边，故取水怪之名之曰猿猴花，河童花（案：猿猴借音，即是河童之别名，似溺鬼而系生物云）。这种名字在远隔地方也会相同，或由传闻而沿用者当亦有之，但偶然命名一致者盖亦多有。如称此花为河童花，在各地方多用河童的方言下再着一花字为名。

中国方言亟待调查，声韵转变的研究固然是重要，名物训诂方面也不可闲却，这样才与民俗学有关系，只怕少有人感兴趣。不单是在这时候没有工夫来理会这些事也。

廿六年八月七日，在北平

日本的衣食住

我留学日本还在民国以前，只在东京住了六年，所以对于文化云云够不上说什么认识，不过这总是一个第二故乡，有时想到或是谈及，觉得对于一部分的日本生活很有一种爱着。这里边恐怕有好些原因，重要的大约有两个，其一是个人的性分，其二可以说是思古之幽情罢。我是生长于东南水乡的人，那里民生寒苦，冬天屋内没有火气，冷风可以直吹进被窝来，吃的通年不是很咸的腌菜也是很咸的腌鱼，有了这种训练去过东京的下宿生活，自然是不会不合适的。我那时又是民族革命的一信徒，凡民族主义必含有复古思想在里边，我们反对清朝，觉得清以前或元以前的差不多都好，何况更早的东西。听说夏穗卿、钱念劬两位先生在东京街上走路，看见店铺招牌的某文句或某字体，常指点赞叹，谓犹存唐代遗风，非现今中国所有。

冈千仞著《观光纪游》中亦纪杨惺吾回国后事云：

> 惺吾杂陈在东所获古写经，把玩不置曰，此犹晋时笔法，宋元以下无此真致。

这种意思在那时大抵是很普通的。我们在日本的感觉，一半是异域，一半却是古昔，而这古昔乃是健全地活在异域的，所以不是梦幻似的空假，而亦与高丽安南的优孟衣冠不相同也。

日本生活中多保存中国古俗，中国人好自大者反讪笑之，可谓不察之甚。

《观光纪游》卷二《苏杭游记》上，记明治甲申（1884）六月二十六日事云：

晚与杨君赴陈松泉之邀，会者为陆云孙、汪少符、文小坡。杨君每谈日东一事，满座哄然，余不解华语，痴坐其旁。因以为我俗席地而坐，食无案桌，寝无卧床，服无衣裳之别，妇女涅齿，带广，蔽腰围等，皆为外人所讶者，而中人辫发垂地，嗜毒烟甚食色，妇女约足，人家不设厕，街巷不容车马，皆不免陋者，未可以内笑外，以彼非此。

冈氏言虽未免有悻悻之气，实际上却是说得很对的。以我浅陋所知，中国人记述日本风俗最有理解的要算黄公度，《日本杂事诗》二卷成于光绪五年己卯，已是五十七年前了，诗也只是寻常，注很详细，更难得的是意见明达。卷下关于房屋的注云：

室皆离地尺许，以木为板，藉以莞席，入室则脱屦户外，袜而登席。无门户窗牖，以纸为屏，下承以槽，随意开阖，四面皆然，宜夏而不宜冬也。室中必有阁以度物，有床笫以列器皿陈书画。（室中留席地，以半掩以纸屏，架为小阁，以半悬挂玩器，则缘古人床笫之制而亦仍其名。）楹柱皆以木而不雕漆，昼常掩门而夜不扃钥。寝处无定所，展屏风，张帐幕，则就寝矣。每日必洒扫拂拭，洁无纤尘。

又一则云：

坐起皆席地，两膝据地，伸腰危坐，而以足承尻后，若趺坐，若蹲踞，若箕踞，皆为不恭。坐必设褥，敬客之礼有敷数重席者。有君命则设几，使者宣诏毕，亦就地坐矣。皆古礼也。因考《汉书·贾谊传》，文帝不觉膝之前于席。《三国志·管宁传》，坐不箕股，当膝处皆穿。《后汉书》，向栩坐板，坐积久板乃有膝踝足指之处。朱子又云，今成都学所存文翁礼殿刻石诸像，皆膝地危坐，两蹠隐然见于坐后帷裳之下。今观之东人，知古人常坐皆如此。（《日本国志》成于八年后丁亥，所记稍详略有不同，今不重引。）

这种日本式的房屋，我觉得很喜欢。这却并不由于好古，上文所说的那种坐法实在有点弄不来，我只能胡坐，即不正式地趺跏，若要像管宁那样，则无论敷了几重席也坐不到十分钟就两脚麻痹了。我喜欢的还是那房子的适用，特别便于简易生活。《杂事诗》注已说明屋内铺席，其制编稻草为台，厚可二寸许，蒙草席于上，两侧加麻布黑缘，每席长六尺宽三尺，室之大小以席计数，自两席以至百席，而最普通者则为三席、四席半、六席、八席。学生所居以四席半为多。户窗取明者用格子糊以薄纸，名曰障子，可称纸窗，其他则两面裱暗色厚纸，用以间隔，名曰唐纸，可云纸屏耳。阁原名户棚，即壁橱，分上下层，可分贮被褥及衣箱杂物。床笫原名“床之间”，即壁龛而大，下宿不设此，学生租民房时可利用此地堆积书报，几乎平白地多出一席地也。四席半一室面积才八十一方尺，比维摩斗室还小十分之二，四壁萧然，下宿只供给一副茶具，自己买一张小几放在窗下，再有两三个坐褥，便可安住。坐在几前读书写字，前后左右凡有空地都可安放书卷纸张，等于一大书桌，客来遍地可坐，客六七人不算拥挤，倦时随便卧倒，不必另备沙发，深夜从壁橱取被摊开，又便即正式睡觉了。昔时常见日本学生移居，车上载行李只铺盖衣包小几或加书箱，自己手拿玻璃洋油灯在车后走而已。中国公寓住室多在方丈以上，而板床桌椅箱架之外无多余地，令人感到局促，无安闲之趣。大抵中国房屋与西洋的相同，都是宜于华丽而不宜于简陋，一间房子造成，还是行百里者半九十，非是有相当的器具陈设不能算完成，日本则土木功毕，铺席糊窗，即可居住，别无一点不足，而且还觉得清疏有致。从前在日本旅行，在吉松高锅等山村住宿，坐在旅馆的朴素的一室内凭窗看山，或着浴衣躺席上，要一壶茶来吃，这比向来住过的好些洋式、中国式的旅舍都要觉得舒服，简单而省费。这样房屋自然也有缺点，如《杂事诗》注所云，宜夏而不宜冬，其次是容易引火，还有或者不大谨慎，因为槽上拉动的板窗木户易于偷启，而且内无扃钥，贼一入门便可各处自在游行也。

关于衣服，《杂事诗》注只讲到女子的一部分，卷二云：

宫装皆披发垂肩，民家多古装束，六八岁时丫髻双垂，尤为可人。长，耳不环，手不钏，髻不花，足不弓鞋，皆以红珊瑚为簪。出则携蝙蝠伞。带宽咫尺，围腰二三匝，复倒卷而直垂之，若襁负者。衣袖尺许，襟广微露胸，肩脊亦不尽掩。傅粉如面然，殆《三国志》所谓丹朱坋身者耶。

又云：

女子亦不着裤，里有围裙，《礼》所谓中单，《汉书》所谓中裙，深藏不见足，舞者回旋偶一露耳。五部洲惟日本不着裤，闻者惊怪。今按《说文》，袴，胫衣也。《逸雅》，袴，两股各跨别也。袴即今制，三代前固无。张萱《疑耀》曰："袴，即裤，古人皆无裆，有裆起自汉昭帝时上官宫人。"考《汉书·上官后传》，宫人使令皆为穷袴。服虔曰："穷袴前后有裆，不得交通。"是为有裆之袴所缘起。惟《史记》叙屠岸贾有置其袴中语，《战国策》亦称韩昭侯有敝袴，则似春秋战国既有之，然或者尚无裆耶。

这个问题其实本很简单。日本上古有袴，与中国西洋相同，后受唐代文化衣冠改革，由筒管袴而转为灯笼袴，终乃袴脚益大，袴裆渐低，今礼服之"袴"已几乎是裙了。平常着袴，故里衣中不复有袴类的东西，男子但用犊鼻裈，女子用围裙，就已行了，迨后民间平时可以衣而不裳，遂不复着，但用作乙种礼服，学生如上学或访老师，则和服之上必须着袴也。现今所谓和服，实即古时之所谓"小袖"，袖本小而底圆，今则甚深广，有如口袋，可以容手巾、笺纸等，与中国和尚所穿的相似，西人称之曰 Kimono，原语云"着物"，实只是衣服总称耳。日本衣裳之制大抵根据中国而逐渐有所变革，乃成今状，盖与其房屋起居最适合，若以现今和服住洋房中，或以华服住日本房，亦不甚适也。

《杂事诗》注又有一则关于鞋袜的云：

> 袜前分歧为二靫，一靫容拇指，一靫容众指。屐有如几字者，两齿甚高，又有作反凹者。织蒲为苴，皆无墙有梁，梁作人字，以布绠或纫蒲系于头，必两指间夹持用力乃能行，故袜分作两歧。考《南史·虞玩之传》，一屐着三十年，蔑断以芒接之。古乐府，黄桑柘屐蒲子履，中央有丝两头系。知古制正如此也，附注于此。

这个木屐也是我所喜欢着的，我觉得比广东用皮条络住脚背的还要好，因为这似乎更着力可以走路。黄君说必两趾间夹持用力乃能行，这大约是没有穿惯，或者因中国男子多裹脚，脚趾互叠不能衔梁，衔亦无力，所以觉得不容易，其实是套着自然着力，用不着什么夹持的。去年夏间，我往东京去，特地到大震灾时没有毁坏的本乡去寄寓，晚上穿了和服、木屐，曳杖，往帝国大学前面一带去散步，看看旧书店和地摊，很是自在，若是穿着洋服就觉得拘束，特别是那么大热天。不过我们所能穿的也只是普通的“下驮”，即所谓反凹字形状的一种，此外名称“日和下驮”，底作“丌”字形而不很高者，从前学生时代也曾穿过，至于那两齿甚高的“足驮”那就不敢请教了。在民国以前，东京的道路不很好，也颇有雨天变酱缸之概，足驮是雨具中的要品，现代却可以不需，不穿皮鞋的人只要有日和下驮就可应付，而且在实际上连这也少见了。

《杂事诗》注关于食物说的最少，其一云：

多食生冷，喜食鱼，聂而切之，便下箸矣，火熟之物亦喜寒食。寻常茶饭，萝卜竹笋而外，无长物也。近仿欧罗巴食法，或用牛羊。

又云：

自天武四年，因浮屠教禁食兽肉，非饵病不许食。卖兽肉者隐其名曰药食，复曰山鲸。所悬望子，画牡丹者豕肉也，画丹枫落叶者鹿肉也。

讲到日本的食物，第一感到惊奇的事的确是兽肉的稀少。二十多年前我还在三田地方看见过山鲸（这是野猪的别号）的招牌，画牡丹枫叶的却已不见。虽然近时仿欧罗巴法，但肉食不能说很盛，不过已不如从前以兽肉为秽物禁而不食，肉店也在“江都八百八街”到处开着罢了。平常鸟兽的肉只是猪、牛与鸡，羊肉简直没处买，鹅、鸭也极不常见。平民的下饭的菜，到现在仍旧还是蔬菜以及鱼介。中国学生初到日本，吃到日本饭菜那么清淡，枯槁，没有油水，一定大惊大恨，特别是在下宿或分租房间的地方。这是大可原谅的，但是我自己却不以为苦，还觉得这有别一种风趣。吾乡穷苦，人民努力日吃三顿饭，唯以腌菜、臭豆腐、螺蛳为菜，故不怕咸与臭，亦不嗜油若命，到日本去吃无论什么都不大成问题。有些东西可以与故乡的什么相比，有些又即是中国某处的什么，这样一想就很有意思。如味噌汁与干菜汤，金山寺味噌与豆瓣酱，福神渍与酱咯哒，牛蒡独活与芦笋，盐鲑与勒鲞，皆相似的食物也。又如大德寺纳豆即咸豆豉，泽庵渍即福建的黄土萝卜，蒟蒻即四川的黑豆腐，刺身即广东的鱼生，寿司（《杂事诗》作寿志）即古昔的鱼鲊，其制法见于《齐民要术》，此其间又含有文化交通的历史，不但可吃，也更可思索。家庭宴集自较丰盛，但其清淡则如故，亦仍以菜蔬鱼介为主，鸡豚在所不废，唯多用其瘦者，故亦不油腻也。近时社会上亦流行中国及西洋菜，试食之则并不佳，即有名大店亦如此，盖以日东手法调理西餐（日本昔时亦称中国为西方）难得恰好，唯在赤坂一家云“茜”者吃中餐极佳，其厨师乃来自北平云。

日本食物之又一特色为冷，确如《杂事诗》注所言。下宿供膳尚用热饭，人家则大抵只煮早饭，家人之为官吏、教员、公司职员、工匠、学生者，皆裹饭而出，名曰“便当”，匣中盛饭，别一格盛菜，上者有鱼，否则梅干一二而已。傍晚归来，再煮晚饭，但中人以下之家便吃早晨所余，冬夜苦寒，乃以热苦茶淘之。中国人惯食火热的东西，有海军同学昔日为京官，吃饭恨不热，取饭锅置坐右，由锅到碗，由碗到口，迅疾如暴风雨，乃始快意，此固是极端，却亦是一好例。总之，对于食物，中国大概喜热恶冷，所以留学生看了“便当”恐怕无不头痛的。不过我觉得这也很好，不但是故乡有吃“冷饭头”的习惯，说得迂腐一点，也是人生的一点小训练。希望人人都有“吐斯”当晚点心，人人都有小汽车坐，固然是久远的理想，但在目前，似乎刻苦的训练也是必要。日本因其工商业之发展，都会文化渐以增进，享受方面也自然提高，不过这只是表面的一部分，普通的生活还是很刻苦，此不必一定是吃冷饭，然亦不妨说是其一。中国平民生活之苦已甚矣，我所说的乃是中流的知识阶级应当学点吃苦，至少也不要太讲享受。享受并不限于吃“吐斯”之类，抽大烟、娶姨太太、打麻将是中流享乐思想的表现，此一种病真真不知道如何才救得过来，上文云云只是姑妄言之耳。

六月九日，《大公报》上登载梁实秋先生的一篇论文，题曰《自信力与夸大狂》，我读了很是佩服，有关于中国的衣食住的几句话可以引用在这里。梁先生说，中国文化里也有一部分是优于西洋者，解说道：

> 我觉得可说的太少，也许是从前很多，现在变少了。我想来想去，只觉得中国的菜比外国的好吃，中国的长袍布鞋比外国的舒适，中国的宫室园林比外国的雅丽，此外我实在想不出有什么优于西洋的东西。

梁先生的意思似乎重在消极方面，我们却不妨当作正面来看，说中国的衣食住都有些可取的地方。本来衣食住三者是生活中最重要的部分，因其习惯与便利，发生爱好的感情，转而成为优劣的辨别，所以这里边很存着主观的成分，实在这也只能如此，要想找一根绝对平直的尺度来较量，盖几乎是不可能的。固然也可以有人说：“因为西洋人吃鸡蛋，所以兄弟也吃鸡蛋。”不过在该吃之外还有好吃问题，恐怕在这一点上未必能与西洋人一定合致，那么这吃鸡蛋的兄弟对于鸡蛋也只有信而未至于爱耳。因此，改变一种生活方式很是繁难，而欲了解别种生活方式亦不是容易的事。有的事情在事实并不怎么愉快，在道理上显然看出是荒谬的，如男子拖辫，女人缠足，似乎应该不难解决了，可是也并不如此，民国成立已将四半世纪了，而辫发未绝迹于村市，士大夫中爱赏金莲步者亦不乏其人，他可知矣。谷崎润一郎近日刊行《摄阳随笔》，卷首有《阴翳礼赞》一篇，其中说漆碗盛味噌汁（以酱汁作汤，蔬类作料，如茄子、萝卜、海带，或用豆腐）的意义，颇多妙解，至悉归其故于有色人种，以为在爱好上与白色人种异其趣，虽未免稍多宿命观的色彩，大体却说得很有意思。中日同是黄色的蒙古人种，日本文化古来又取资中土，然而其结果乃或同或异，唐时不取太监，宋时不取缠足，明时不取八股，清时不取鸦片，又何以嗜好迥殊耶。我这样说，似更有阴沉的宿命观，但我固深钦日本之善于别择，一面却亦仍梦想中国能于将来荡涤此诸染污，盖此不比衣食住是基本的生活，或者其改变尚不至于绝难欤。

我对于日本文化既所知极浅，今又欲谈衣食住等的难问题，其不能说得不错，盖可知也。幸而我预先声明，这全是主观的，回忆与印象的一种杂谈，不足以知日本真的事情，只足以见我个人的意见耳。大抵非自己所有者不能深知，我尚能知故乡的民间生活，因此亦能于日本生活中由其近似而得理会，其所不知者当然甚多，若所知者非其真相而只是我的解说，那也必所在多有而无可免者也。日本与中国在文化的关系上本犹罗马之与希腊，及今乃成为东方之德、法，在今日而谈日本的生活，不撒有“国难”的香料，不知有何人要看否，我亦自己怀疑。但是，我仔细思量日本今昔的生活，现在日本叫“非常时”的行动，我仍明确地看明白日本与中国毕竟同是亚细亚人，兴衰祸福目前虽是不同，究竟的命运还是一致，亚细亚人岂终将沦于劣种乎，念之偶然。因谈衣食住而结论至此，实在乃真是漆黑的宿命论也。

廿四年六月廿一日，在北平

灯下读书论

以前所作的打油诗里边，有这样的两首是说读书的，今并录于后。其辞曰：

饮酒损神茶损气，读书应是最相宜，
圣贤已死言空在，手把遗编未忍披。

未必花钱逾黑饭，依然有味是青灯，
偶逢一册长恩阁，把卷沉吟过二更。

这是打油诗，本来严格地计较不得。我曾说以看书代吸纸烟，那原是事实，至于茶与酒也还是使用，并未真正戒除。书价现在已经很贵，但比起土膏来当然还便宜得不少。这里稍有问题的，只是青灯之味到底是怎么样。古人诗云："青灯有味似儿时。"出典是在这里了，但青灯究竟是怎么一回事呢？同类的字句有红灯，不过那是说红纱灯之流，是用红东西糊的灯，点起火来整个是红色的，青灯则并不如此，普通的说法总是指那灯火的光。苏东坡曾云："纸窗竹屋，灯火青荧，时于此间，得少佳趣。"这样情景实在是很有意思的，大抵这灯当是读书灯，用清油注瓦盏中令满，灯芯作炷，点之光甚清寒，有青荧之意，宜于读书，消遣世虑，其次是说鬼，鬼来则灯光绿，亦甚相近也。若蜡烛的火便不相宜，又灯火亦不宜有蔽障，光须裸露，相传东坡夜读佛书，灯花落书上烧却一“僧”字，可知古来本亦如是也。至于用的是什么油，大概也很有关系，平常多用香油即菜籽油，如用别的植物油，则光色亦当有殊异，不过这些迂论现在也可以不必多谈了。总之这青灯的趣味在我们曾在菜油灯下看过书的人是颇能了解的，现今改用了电灯，自然便利得多了，可是这味道却全不相同，虽然也可以装上青蓝的磁罩，使灯光变成青色，结果总不是一样。所以“青灯”这字面在现代的辞章里，无论是真诗或是谐诗，都要打个折扣，减去几分颜色，这是无可如何的事，好在我这里只是要说明灯右观书的趣味，那些小问题都没有什么关系，无妨暂且按下不表。

圣贤的遗编自然以孔、孟的书为代表，在这上边或者可以加上老、庄吧。长恩阁是大兴傅节子的书斋名，他的藏书散出，我也收得了几本，这原是很平常的事，不值得怎么吹听，不过这里有一点特别理由，我有的一种是两小册抄本，题曰《明季杂志》。傅氏很留心明末史事，看《华延年室题跋》两卷中所记，多是这一类书，可以知道，今此册只是随手抄录，并未成书，没有多大价值，但是我看了颇有所感。明季的事去今已三百年，并鸦片洪杨义和团诸事变观之，我辈即使不是能惧思之人，亦自不免沉吟，初虽把卷终亦掩卷，所谓过二更者乃是诗文装点语耳。那两首诗说的都是关于读书的事，虽然不是鼓吹读书乐，也总觉得消遣世虑大概以读书为最适宜，可是结果还是不大好，大有越读越懊恼之概。盖据我多年杂览的经验，从书里看出来的结论只是这两句话，好思想写在书本上，一点儿都未实现过，坏事情在人世间全已做了，书本上记着一小部分。昔者印度贤人不借种种布施，求得半偈，今我因此而成二偈，则所得不已多乎，至于意思或近于负的方面，既是从真实出来，亦自有理存乎其中，或当再作计较罢。

圣贤教训之无用无力，这是无可如何的事，古今中外无不如此。英国陀生在讲希腊的古代宗教与现代民俗的书中曾这样的说过：

希腊国民看到许多哲学者的升降，但总是只抓住他们世袭的宗教。柏拉图与亚利士多德，什诺与伊壁鸠鲁的学说，在希腊人民上面，正如没有这一回事一般。但是荷马与以前时代的多神教却是活着。

斯宾塞在寄给友人的信札里，也说到现代欧洲的情状：

宣传了爱之宗教将近二千年之后，憎之宗教还是很占势力。欧洲住着二万万的外道，假装着基督教徒，如有人愿望他们照着他们的教旨行事，反要被他们所辱骂。

上边所说是关于希腊哲学家与基督教的，都是人家的事，若是讲到孔孟与老庄，以至佛教，其实也正是一样。在二十年以前写过一篇小文，对于教训之无用深致感慨，末后这样地解说道：

这实在都是真的。希腊有过苏格拉底，印度有过释迦牟尼，中国有过孔子、老子，他们都被尊崇为圣人，但是在现今的本国人民中间他们可以说是等于不曾有过。我想这原是当然的，正不必代为无谓的悼叹。这些伟人倘若真是不曾存在，我们现在当不知怎么的更为寂寞，但是如今既有言行流传，足供有知识与趣味的人的欣赏，那也就尽够好了。

这里所说本是聊以解嘲的话，现今又已过了二十春秋，经历增加了不少，却是终未能就此满足，固然也未必真是床头摸索好梦似的，希望这些思想都能实现，总之在浊世中展对遗教，不知怎的很替圣贤感觉得很寂寞似的，此或者亦未免是多事，在我自己却不无珍重之意。前致废名书中曾经说及，以有此种惆怅，故对于人间世未能恝置，此虽亦是一种苦，目下却尚不忍即舍去也。

《闭户读书论》是民国十七年冬所写的文章，写得很有点别扭，不过自己觉得喜欢，因为里边主要的意思是真实的，就是现在也还是这样。这篇论是劝人读史的。要旨云：

我始终相信《二十四史》是一部好书，他很诚恳地告诉我们过去曾如此，现在是如此，将来要如此。历史所告诉我们的，在表面的确只是过去，但现在与将来也就在这里面了。正史好似人家祖先的神像，画得特别庄严点，从这上面却总还看得出子孙的面影，至于野史等更有意思，那是行乐图小照之流，更充足地保存真相，往往令观者拍案叫绝，叹遗传之神妙。

这不知道算是什么史观，叫我自己说明，此中实只有暗黑的新宿命观，想得透彻时亦可得悟，在我却还只是惆怅，即使不真至于懊恼。我们说明季的事，总令人最先想起魏忠贤、客氏，想起张献忠、李自成，不过那也罢了，反正那些是太监，是流寇而已。使人更不能忘记的是国子监生而请以魏忠贤配享孔庙的陆万龄，东林而为阉党，又引清兵入闽的阮大铖，特别是记起《咏怀堂诗》与《百子山樵传奇》，更觉得这事的可怕。史书有如医案，历历记着症候与结果，我们看了未必找得出方剂，可以去病除根，但至少总可以自肃自戒，不要犯这种的病，再好一点或者可以从这里看出些卫生保健的方法来也说不定。我自己还说不出读史有何所得，消极的警戒，人不可化为狼，当然是其一，积极的方面也有一二，如政府不可使民不聊生，如士人不可结社，不可讲学，这后边都有过很大的不幸做实证，但是正面说来只是老生常谈，而且也就容易归入圣贤的说话一类里去，永远是空言而已。说到这里，两头的话又碰在一起，所以就算是完了，读史与读经子那么便可以一以贯之，这也是一个很好的读书方法罢。

古人劝人读书，常说他的乐趣，如《四时读书乐》所广说，读书之乐乐陶陶，至今暗诵起几句来，也还觉得有意思。此外的一派是说读书有利益，如云“书中自有黄金屋，书中自有颜如玉”，是升官发财主义的代表，便是唐朝作《原道》的韩文公教训儿子，也说的这一派的话，在世间势力之大可想而知。我所谈的对于这两派都够不上，如要说明一句，或者可以说是为自己的教养而读书吧。既无什么利益，也没有多大快乐，所得到的只是一点知识，而知识也就是苦，至少知识总是有点苦味的。古希伯来的传道者说：

我又专心察明智慧、狂妄和愚昧，乃知这也是捕风，因为多有智慧就多有愁烦，加增知识就加增忧伤。

这所说的话是很有道理的。但是苦与忧伤何尝不是教养之一种，就是捕风也并不是没有意思的事。我曾这样的说：

察明同类之狂妄和愚昧，与思索个人的老死病苦，一样是伟大的事业。虚空尽由他虚空，知道他是虚空，而又偏去追迹，去察明，那么这是很有意义的，这实在可以当得起说是伟大的捕风。

这样说来，我的读书论也还并不真是如诗的表面上所显示的那么消极。可是无论如何，寂寞总是难免的，唯有能耐寂寞者乃能率由此道耳。

民国甲申，八月二日